NOTURNO DO CHILE

ROBERTO BOLAÑO

Noturno do Chile

Tradução
Eduardo Brandão

5ª *reimpressão*

COMPANHIA DAS LETRAS

Copyright © 2000 by Roberto Bolaño

Grafia atualizada segundo o Acordo Ortográfico da Língua Portuguesa de 1990, que entrou em vigor no Brasil em 2009.

Título original
Nocturno de Chile

Capa
Raul Loureiro

Imagem da capa
Sem título (1994), óleo sobre tela de Rodrigo Andrade, 190 × 220 cm

Preparação
Márcia Copola

Revisão
Thaís Totino Richter
Denise Pessoa

Atualização ortográfica
Adriana Moreira Pedro

Dados Internacionais de Catalogação na Publicação (CIP)
Câmara Brasileira do Livro, SP, Brasil

Bolaño, Roberto
   Noturno do Chile / Roberto Bolaño ; tradução Eduardo
Brandão. — 1ª ed. — São Paulo : Companhia das Letras, 2004.

   Título original: Nocturno de Chile.
   ISBN 978-85-359-0550-2

   1. Ficção chilena. I. Título.

04-6024   CDD-c861

Índice para catálogo sistemático:
1. Ficção : Literatura chilena   c861

Todos os direitos desta edição reservados à
EDITORA SCHWARCZ S.A.
Rua Bandeira Paulista, 702, cj. 32
04532-002 — São Paulo — SP
Telefone: (11) 3707-3500
www.companhiadasletras.com.br
www.blogdacompanhia.com.br
facebook.com/companhiadasletras
instagram.com/companhiadasletras
twitter.com/cialetras

Para Carolina López e Lautaro Bolaño

Tire a peruca.
Chesterton

Agora estou morrendo, mas ainda tenho muita coisa para dizer. Estava em paz comigo mesmo. Mudo e em paz. Mas de repente surgiram as coisas. Aquele jovem envelhecido é o culpado. Eu estava em paz. Agora não estou em paz. É preciso esclarecer alguns pontos. Por isso, vou me apoiar no cotovelo e levantar a cabeça, minha nobre e trêmula cabeça, e buscarei no cantinho das reminiscências aqueles atos que me justificam e, portanto, desdizem as infâmias que o jovem envelhecido espalhou para meu descrédito numa só noite relampejante. Meu suposto descrédito. É preciso ser responsável. Eu disse isso a vida inteira. Você tem a obrigação moral de ser responsável por seus atos e também por suas palavras, inclusive por seus silêncios, sim, por seus silêncios, porque os silêncios também ascendem ao céu e Deus os ouve, e só Deus os compreende e os julga, de modo que muito cuidado com os silêncios. Sou responsável por tudo. Meus silêncios são imaculados. É bom que fique claro. Mas acima de tudo que fique claro a Deus. O resto é prescindível. Deus não. Não sei do que estou falando. Às vezes me surpreendo apoiado no cotovelo. Divago, sonho e procuro estar em paz comigo mesmo. Mas às vezes até meu próprio nome eu esqueço. Eu me chamo Sebastián Urrutia Lacroix. Sou chileno. Meus ancestrais, por parte de pai, eram originários das Vascongadas, ou País Basco, ou Euskadi, como se diz hoje em dia. Por parte de mãe provenho das doces terras de França, de uma aldeia cujo nome em espanhol significa "Homem em Terra" ou "Homem a Pé", meu francês, nestas horas extremas, já não é tão bom quanto antes. Mas ainda tenho forças para recordar e para responder às ofensas desse jovem envelhecido que de repente chegou à porta da minha casa e, sem nenhuma provocação, sem nenhum motivo, insultou-me. Que isso fique claro. Eu não procuro confronto, nunca procurei, procuro a paz, a responsabilidade dos atos, das palavras e dos silêncios. Sou um homem sensato. Aos treze anos senti o chamamento de Deus e quis entrar para o seminário. Meu pai se opôs. Não com excessiva determinação, mas se opôs. Ainda me lembro da sua sombra deslizando pelos cômodos da nossa casa, como se fosse a sombra de uma doninha ou de uma enguia. E me lembro, não sei como mas o fato é que me lembro, do meu sorriso na escuridão, o sorriso do menino que fui. E me lembro de um tapete que representava uma cena de caça. E de um prato de metal em que se representava uma ceia com todos os ornamentos que a ocasião requer. E de meu sorriso, e de meus tremores. Um ano depois, aos catorze de idade, entrei para o seminário, e, quando saí, passado muito tempo, minha mãe me beijou a mão e me tratou de padre, ou julguei entender que me chamava de padre, e ante meu espanto e meus protestos (não me chame de pai, mãe, sou seu filho, disse, ou talvez não tenha dito seu filho mas o filho) ela se pôs a chorar, e pensei então, ou talvez só pense agora, que a vida é uma sucessão de equívocos que nos conduzem à verdade final, a única verdade. Pouco antes ou pouco depois, isto é, dias antes de ser ordenado sacerdote ou dias depois de tomar os santos votos, conheci Farewell, o célebre Farewell, não lembro com exatidão onde, provavelmente na casa dele, fui à casa dele, mas também é possível que tenha peregrinado ao seu escritório no jornal, ou pode ser que o tenha visto pela primeira vez no clube de que ele era sócio, numa tarde melancólica como tantas tardes de abril em Santiago, muito embora em meu espírito cantassem os passarinhos e florescessem os brotos, como diz o clássico, e lá estava Farewell, alto, um metro e oitenta, se bem que a mim parecia ter dois metros, vestindo um terno cinza de bom tecido inglês, sapatos feitos à mão, gravata de seda, camisa branca impoluta como minha própria ilusão, abotoaduras de ouro, e um alfinete em que distingui símbolos que não quis interpretar mas cujo significado não me escapou, em absoluto, e Farewell me fez sentar ao lado dele, bem perto, ou talvez antes tenha me levado à sua biblioteca ou à biblioteca do clube e, enquanto espiávamos as lombadas dos livros, começou a pigarrear, e é possível que, enquanto pigarreava, olhasse para mim de esguelha, mas não posso garantir, porque eu não tirava os olhos dos livros, e então disse uma coisa que não entendi ou que minha memória já esqueceu, depois tornamos a nos sentar, ele numa poltrona, eu numa cadeira, e falamos dos livros cujas lombadas acabávamos de ver e acariciar, meus dedos frescos de jovem recém-saído do seminário, os dedos de Farewell, grossos e já um tanto deformados como cabia a um ancião tão alto, e falamos dos livros e dos autores desses livros, e a voz de Farewell era como a voz de uma grande ave de rapina, que sobrevoa rios, montanhas, vales, desfiladeiros, sempre com a expressão justa, a frase que caía como uma luva em seu pensamento. E quando eu lhe disse, com a ingenuidade de um passarinho, que desejava ser crítico literário, que desejava seguir a vereda aberta por ele, que não havia nada na Terra que satisfizesse mais meus anseios do que ler e exprimir em voz alta, com boa prosa, o resultado das minhas leituras, ah, quando lhe disse isso, Farewell sorriu, pôs a mão no meu ombro (mão que pesava tanto quanto se estivesse ornada de um guante de ferro, ou mais ainda), procurou meus olhos e disse que a vereda não era fácil. Neste país de bárbaros, disse, esse mar não é de rosas. Neste país de proprietários rurais, disse, a literatura é uma raridade, e não tem mérito o saber ler. Como eu, por timidez, não respondesse nada, perguntou, aproximando seu rosto do meu, se alguma coisa havia me incomodado ou ofendido. O senhor ou seu pai por acaso são proprietários rurais? Não, respondi. Pois eu sim, disse Farewell, tenho uma fazenda perto de Chillán, com uma pequena vinha que não dá maus vinhos. Ato contínuo, convidou-me para passar o fim de semana seguinte na sua fazenda, que tinha o nome de um dos livros de Huysmans, não lembro mais qual, talvez *À rebours* ou *Là-Bas*, pode ser até que fosse *L'oblat*, minha memória já não é o que era, creio que era *Là-Bas*, e seu vinho também tinha esse nome, e, depois de me convidar, Farewell ficou calado, mas seus olhos azuis permaneceram fixos nos meus, também fiquei calado e não pude sustentar o olhar escrutador de Farewell, baixei os olhos humildemente, como um passarinho ferido, e imaginei essa fazenda, onde a literatura era, sim, um mar de rosas, onde o saber ler não era coisa sem mérito e onde o gosto prevalecia sobre as necessidades e obrigações práticas, depois ergui o olhar, e meus olhos de seminarista se encontraram com os olhos de falcão de Farewell, e assenti várias vezes, disse que iria, que era uma honra passar um fim de semana na fazenda do maior crítico literário do Chile. Quando chegou o dia marcado, tudo na minha alma era confusão e incerteza, eu não sabia que roupa vestir, se batina ou traje secular, se me decidia pelo traje secular, não sabia qual escolher, se me decidia pela batina, assaltavam-me dúvidas sobre como ia ser recebido. Também não sabia que livros levar para ler no trem de ida e no de volta, talvez uma *História da Itália* para a viagem de ida, talvez a *Antologia da poesia chilena*, de Farewell, para a viagem de volta. Ou talvez o contrário. Também não sabia que escritores (porque Farewell sempre convidava escritores à sua fazenda) ia encontrar em Là-Bas, talvez o poeta Uribarrena, autor de esplêndidos sonetos de preocupação religiosa, talvez Montoya Eyzaguirre, fino estilista de prosas breves, talvez Baldomero Lizamendi Errázuriz, historiador consagrado e corpulento. Os três eram amigos de Farewell. Mas, na realidade, Farewell tinha tantos amigos e inimigos que era inútil eu me perder em conjecturas a esse respeito. Quando chegou o dia marcado, parti da estação com a alma compungida e ao mesmo tempo pronto para qualquer agrura que Deus houvesse por bem me infligir. Como se fosse hoje (melhor do que se fosse hoje), lembro-me do campo chileno e das vacas chilenas, com suas manchas pretas (ou brancas, depende), pastando ao longo da via férrea. Por momentos o sacolejo do trem conseguia me adormecer. Fechava os olhos. Fechava-os como agora os fecho. Mas de repente tornava a abri-los, e lá estava a paisagem, variada, rica, por momentos alentadora e por momentos melancólica. Quando o trem chegou a Chillán, peguei um táxi que me deixou num vilarejo chamado Querquén. Em algo como a praça principal (não me atrevo a chamá-la praça de Armas) de Querquén, vazia de qualquer indício de gente. Paguei o taxista, desci com minha maleta, vi o panorama que me rodeava, e, quando já me virava outra vez com a intenção de perguntar alguma coisa ao taxista ou entrar de novo no táxi e empreender o retorno apressado a Chillán e depois a Santiago, o carro se afastou subitamente, como se aquela solidão que tinha algo de agourenta houvesse despertado medos atávicos no motorista. Por um instante também tive medo. Triste figura devia eu compor em pé naquele desamparo, com minha maleta do seminário e com a *Antologia da poesia chilena* de Farewell na mão. De um arvoredo uns pássaros alçaram voo. Pareciam piar o nome desse vilarejo perdido, Querquén, mas também pareciam dizer *quem, quem, quem*. Apressei-me a rezar uma oração e me encaminhei para um banco de madeira, a fim de compor uma figura mais conforme ao que eu era ou ao que naquela época julgava ser. Virgem Maria, não desampares teu servo, murmurei, enquanto os pássaros pretos de uns vinte e cinco centímetros de altura diziam *quem, quem, quem*, Virgem de Lourdes, não desampares teu pobre clérigo, murmurei, enquanto outros pássaros, marrons, ou antes, amarronzados, com o peito branco, de uns dez centímetros de altura, piavam mais baixinho, *quem, quem, quem*, Virgem das Dores, Virgem da Lucidez, Virgem da Poesia, não deixes à intempérie teu servo, murmurei, enquanto uns passarinhos minúsculos, de cores magenta, preto, fúcsia, amarelo e azul, ululavam *quem, quem, quem*, ao mesmo tempo que um vento frio se erguia subitamente gelando-me até os ossos. Então, no fundo da rua de terra, vi uma espécie de tílburi ou cabriolé ou charrete puxada por dois cavalos, um baio, outro pintado, que vinha para onde eu estava e se recortava contra o horizonte com uma estampa que não pude deixar de definir como demolidora, como se aquela carroça fosse buscar alguém para levar ao inferno. Quando estava a poucos metros de mim, o cocheiro, um camponês que apesar do frio só vestia camisa e um colete, perguntou-me se eu era o sr. Urrutia Lacroix. Pronunciou mal não só meu segundo sobrenome mas também o primeiro. Disse que sim, que era a mim que ele procurava. Então o camponês desceu sem dizer palavra, pôs minha maleta na parte traseira da charrete e me convidou para subir a seu lado. Desconfiado e tiritando por conta do vento gelado que descia das encostas andinas, perguntei-lhe se vinha da fazenda do sr.

Farewell. Não venho de lá, disse o camponês. Não vem de Là--Bas?, perguntei, castanholando os dentes. Venho de lá, sim, mas não conheço esse senhor, respondeu a alma de Deus. Compreendi então o que devia ter sido óbvio. Farewell era o pseudônimo do nosso crítico. Tentei lembrar seu nome. Sabia que o primeiro sobrenome era González, mas não lembrava o segundo, e por um instante me debati entre dizer que era um convidado do sr. González, assim, sem maiores explicações, ou calar. Optei por calar. Encostei-me na boleia e fechei os olhos. O camponês perguntou se eu estava passando mal. Ouvi sua voz, não mais alta que um sussurro logo levado pelo vento, e nesse mesmo instante consegui lembrar o segundo sobrenome de Farewell: Lamarca. Sou um convidado do sr. González Lamarca, exalei num suspiro de alívio. O patrão está à sua espera, disse o camponês. Quando deixamos para trás Querquén e seus pássaros, senti como que um triunfo. Em Là-Bas, Farewell me esperava com um jovem poeta cujo nome eu não sabia. Ambos estavam no living, embora chamar de living aquela sala fosse um pecado, mais parecia uma biblioteca e um pavilhão de caça, com muitas estantes repletas de enciclopédias, dicionários e souvenirs que Farewell havia comprado em suas viagens à Europa e ao Norte da África, além de pelo menos uma dúzia de cabeças empalhadas, entre elas as de um par de pumas que o próprio pai de Farewell tinha caçado. Falavam, como era de supor, de poesia, e, embora tenham suspendido o diálogo quando cheguei, não tardaram, assim que fui instalado num quarto do andar de cima, em retomá-lo. Lembro que, embora tivesse vontade de participar, como amavelmente fui convidado a fazer, optei pelo silêncio. Além de me interessar pela crítica, também escrevia poemas, e intuí que me meter na alegre e buliçosa discussão entre Farewell e o jovem poeta seria como navegar em águas procelosas. Lembro que tomamos conhaque e lembro

15

que em algum momento, enquanto corria os olhos pelos alfarrábios da biblioteca de Farewell, senti-me profundamente infeliz. De tempos em tempos Farewell ria com sonoridade excessiva. Cada vez que rebentava numa dessas risadas, eu olhava para ele com o rabo do olho. Parecia o deus Pã, ou Baco em sua toca, ou algum demente conquistador espanhol enquistado no seu fortim do Sul. O jovem bardo, ao contrário, tinha um riso magro como arame e, como arame, nervoso, e seu riso sempre ia atrás do grande riso de Farewell, como uma libélula atrás de uma cobra. A certa altura Farewell anunciou que esperávamos convidados para jantar naquela noite. Inclinei a cabeça e apurei os ouvidos, mas nosso anfitrião quis reservar a surpresa. Mais tarde saí para dar uma volta nos jardins da fazenda. Acho que me perdi. Sentia frio. Para lá do jardim se estendia o campo, a natureza selvagem, as sombras das árvores, que pareciam me chamar. A umidade era insuportável. Descobri uma cabana, ou talvez fosse um galpão, por uma de cujas janelas se distinguia uma luz. Aproximei-me. Ouvi risos de homens e os protestos de uma mulher. A porta da cabana estava entreaberta. Ouvi o latido de um cachorro. Bati e, sem esperar resposta, entrei na cabana. Em volta da mesa vi três homens, três peões de Farewell, e junto de um fogão a lenha havia duas mulheres, uma velha e a outra moça, que, ao me verem, aproximaram-se de mim e tomaram minhas mãos em suas mãos ásperas. Que bom que veio, padre, disse a mais velha, ajoelhando diante de mim e levando minha mão aos lábios. Senti medo e nojo, mas a deixei fazê-lo. Os homens tinham levantado. Sente-se, padre, disse um deles. Só então me dei conta, com um estremecimento, de que ainda vestia a batina com que havia feito a viagem. Na minha confusão estava certo de tê-la tirado quando subi ao quarto que Farewell tinha destinado a mim. Mas o fato é que só pensei em me trocar, não me troquei, desci logo para me reunir de novo com

Farewell no pavilhão de caça. Também pensei, ali, no galpão dos camponeses, que não ia dar tempo para trocar de roupa antes do jantar. E pensei que Farewell ia ter uma impressão equivocada de mim. Pensei que o jovem poeta que o acompanhava também ia ter uma imagem equivocada. Finalmente pensei nos convidados-surpresa, que decerto eram gente de importância, e vi a mim mesmo, com a batina coberta do pó da estrada, da fuligem do trem, do pólen das trilhas que levam a Là-Bas, intimidado, jantando num canto retirado da mesa, sem me atrever a erguer os olhos. Então tornei a ouvir a voz de um dos camponeses, que me convidava a sentar. Como um sonâmbulo, sentei-me. E ouvi a voz de uma das mulheres, que dizia padre, tome isto, ou padre, tome aquilo. E alguém falou de uma criança doente, mas com tal dicção que não entendi se a criança estava doente ou já tinha morrido. Para que precisavam de mim? A criança estava morrendo? Chamassem um médico. A criança já tinha morrido fazia tempo? Rezassem então uma novena à Virgem. Roçassem seu túmulo. Tirassem o mato que cresce em toda parte. Tivessem-na presente em suas orações. Meu Deus, eu não podia estar em toda parte. Não podia. Foi batizada?, ouvi-me perguntar. Sim, padre. Ah. Tudo certo, então. Quer um pouco de pão, padre? Vou provar, disse eu. Puseram diante de mim uma lasca de pão. Duro como o pão dos camponeses, assado em forno de barro. Levei um pedaço aos lábios. Pareceu-me então enxergar o jovem envelhecido no vão da porta. Mas eram só os nervos. Estávamos em fins da década de 50, e ele então devia ter somente uns cinco anos, talvez seis, e estava longe do terror, da invectiva, da perseguição. Gostou do pão, padre?, perguntou um dos camponeses. Umedeci o pão com saliva. Bom, disse eu, muito gostoso, muito saboroso, agradável ao paladar, manjar ambrosiano, deleitável fruto da pátria, bom sustento dos nossos esforçados homens do campo, ótimo,

ótimo. É verdade que o pão não era ruim, e eu precisava comer, precisava ter algo no estômago, de modo que agradeci aos camponeses a oferenda, depois levantei, fiz um sinal da cruz no ar, que Deus abençoe esta casa, disse, e fui embora apressado. Ao sair, voltei a ouvir o latido do cachorro e um tremular de folhagens, como se um bicho se escondesse no mato e dali seus olhos seguissem meus passos erráticos em busca da casa de Farewell, que não demorei a ver, iluminada como um transatlântico na noite austral. Com um decidido gesto de valentia optei por não me despojar da batina. Fiquei um tempo fazendo hora no pavilhão de caça, folheando alguns incunábulos. Numa parede se amontoava o melhor e o mais conceituado da poesia e da narrativa chilena, cada livro dedicado pelo autor a Farewell com frases engenhosas, amáveis, carinhosas, cúmplices. Disse comigo mesmo que meu anfitrião era sem dúvida o estuário onde se refugiavam, por períodos curtos ou longos, todas as embarcações literárias da pátria, das frágeis lanchas aos grandes cargueiros, dos odoríficos barcos pesqueiros aos extravagantes encouraçados. Não era à toa que, um segundo antes, sua casa tinha me parecido um transatlântico! Na realidade, disse comigo mesmo, a casa de Farewell era um porto. Pouco depois ouvi um ruído sutil, como se alguém se arrastasse pelo terraço. Mordido pela curiosidade, abri uma das portas-janelas e saí. O ar estava cada vez mais frio, e não havia ninguém ali, mas no jardim distingui uma sombra alongada como um esquife dirigindo-se para uma espécie de caramanchão, uma brincadeira grega que Farewell tinha mandado fazer junto de uma estranha estátua equestre, pequena, de uns quarenta centímetros de altura, de bronze, que em cima de um pedestal de pórfiro parecia sair eternamente do caramanchão. No céu vazio de nuvens, a lua se destacava com nitidez. O vento fazia minha batina esvoaçar. Aproximei-me com decisão do lugar onde a sombra tinha se escondido. Junto da fantasia equestre de Farewell, eu o vi. Estava de costas para mim. Usava um casaco de veludo, um cachecol, na cabeça um chapéu de aba curta jogado para trás, e murmurava profundamente umas palavras que não podiam estar sendo dirigidas a ninguém, a não ser à lua. Fiquei como o reflexo da estátua, com a pata esquerda meio levantada. Era Neruda. Não sei o que mais aconteceu. Lá estava Neruda, alguns metros atrás estava eu, e, entre os dois, a noite, a lua, a estátua equestre, as plantas, as madeiras do Chile, a escura dignidade da pátria. Uma história como essa, garanto que o jovem envelhecido não tem para contar. Ele não conheceu Neruda. Não conheceu nenhum grande escritor da nossa república em condições tão essenciais como a que acabo de recordar. Que importava o que aconteceu antes e o que aconteceu depois. Lá estava Neruda, recitando versos para a lua, para os elementos da terra e para os astros, cuja natureza desconhecemos mas intuímos. Lá estava eu, tremendo de frio dentro da minha batina, que naquele momento me pareceu de um tamanho muito maior que o meu, uma catedral onde eu morava nu e de olhos abertos. Lá estava Neruda, segredando palavras cujo sentido me escapava mas com cuja essencialidade comunguei desde o primeiro instante. E lá estava eu, com lágrimas nos olhos, um pobre clérigo perdido nas vastidões da pátria, desfrutando gulosamente as palavras do nosso mais excelso poeta. E agora me pergunto, apoiado no cotovelo, terá o jovem envelhecido vivido uma cena como essa? Seriamente me pergunto: terá vivido alguma vez na vida uma cena como essa? Li os livros dele. Às escondidas e com luvas de pelica, mas li. E não há neles nada de comparável. Errância sim, brigas de rua, mortes horríveis no beco, a dose de sexo que os tempos reclamam, obscenidades e ousadias, algum crepúsculo no Japão, não na nossa terra, inferno e caos, inferno e caos, inferno e caos. Minha pobre memória. Minha pobre fama. Em seguida foi o jantar. Não vou lembrá-lo. Neruda e sua mulher. Farewell e o jovem poeta. Eu. Perguntas. Por que uso batina? Um sorriso meu. Altivo. Não tive tempo de trocar de roupa. Neruda recita um poema. Farewell e ele recordam um verso particularmente difícil de Góngora. O jovem poeta é nerudiano, claro. Neruda recita outro poema. O jantar é delicioso. Salada à chilena, pedaços de caça acompanhados de um molho bearnês, côngrio, que Farewell mandou vir do litoral, ao forno. Vinho de colheita própria. Elogios. Na conversa depois do jantar, que se prolonga até altas horas da noite, Farewell e a mulher de Neruda põem discos numa vitrola verde que faz as delícias do poeta. Tangos. Uma voz infame vai desfiando histórias infames. De repente, talvez por causa da franca ingestão de álcool, eu me senti mal. Lembro que saí ao terraço e procurei a lua, que pouco antes havia sido a confidente do nosso poeta. Apoiei-me num enorme vaso de gerânios e contive a náusea. Percebi uns passos às minhas costas. Virei-me. A figura homérica de Farewell me observava com as mãos na cintura. Perguntou-me se me sentia mal. Disse-lhe que não, que era só um mal-estar passageiro que o ar puro do campo se encarregaria de evaporar. Embora estivesse numa zona de sombras, soube que Farewell havia sorrido. Em surdina chegaram até mim uns acordes de tango e uma voz melíflua que se queixava cantando. Farewell perguntou o que eu achara de Neruda. Que posso dizer?, respondi, é o maior. Por um instante ambos permanecemos em silêncio. Depois Farewell deu dois passos em minha direção, e vi surgir sua cara de velho deus grego desvelada pela lua. Corei violentamente. A mão de Farewell pousou durante um segundo na minha cintura. Ele me falou da noite dos poetas italianos, a noite de Iacopone da Todi. A noite dos Disciplinantes. O senhor leu? Gaguejei. Disse que no seminário tinha lido de passagem Giacomino da Verona e Pietro da Bescapé, e também Bonvesin de la Riva. Então a mão de Farewell se contorceu como uma minhoca partida em dois pelo arado e se retirou da minha cintura, mas o sorriso não se retirou do seu rosto. E Sordello?, perguntou. Que Sordello? O trovador, disse Farewell, Sordel ou Sordello. Não, disse eu. Olhe a lua, disse Farewell. Dei uma olhada. Não, assim não, disse Farewell. Vire-se e olhe para ela. Virei-me. Ouvi Farewell murmurar às minhas costas: Sordello, que Sordello?, o que bebeu com Ricardo de San Bonifacio em Verona e com Ezzelino da Romano em Treviso, que Sordello? (e então a mão de Farewell voltou a pressionar minha cintura!), o que cavalgou com Ramón Berenguer e com Carlos I de Anjou, Sordello, que não teve medo, não teve medo, não teve medo. Lembro que naquele momento tive consciência do meu medo, embora tenha preferido continuar olhando para a lua. Não era a mão de Farewell, a qual tinha se acomodado no meu quadril, que me provocava espanto. Não era sua mão, não era a noite, onde a lua cintilava mais veloz que o vento que descia das montanhas, não era a música da vitrola, que derramava um depois do outro tangos infames, não era a voz de Neruda, da sua mulher e do seu dileto discípulo, e sim outra coisa, mas que coisa, Virgem do Carmo?, perguntei-me nesse momento. Sordello, que Sordello?, repetiu zombeteira a voz de Farewell às minhas costas, o Sordello cantado por Dante, o Sordello cantado por Pound, o Sordello do *Ensenhamens d'onor*, o Sordello do *planh* quando da morte de Blacatz, e então a mão de Farewell desceu do meu quadril para a minha nádega, e um zéfiro de rufiães provençais entrou no terraço e fez minha batina negra esvoaçar, e eu pensei: O segundo, ai!, passou. Olhe que depois vem o terceiro. E pensei: Eu estava em pé na areia do mar. E vi surgir do mar uma Besta. E pensei: Então veio um dos sete Anjos que levavam as sete taças e falou comigo. E pensei: Porque seus pecados se amontoaram até o céu e Deus lembrou suas iniquidades. E só então ouvi a voz de Neruda, que estava atrás de Farewell como Farewell estava atrás de mim. E nosso poeta perguntou a Farewell de que Sordello falávamos e de que Blacatz, e Farewell se virou para Neruda, e eu me virei para Farewell e só vi suas costas carregadas do peso de duas bibliotecas, talvez três, depois ouvi a voz de Farewell, que dizia Sordello, que Sordello?, e a de Neruda, que dizia é exatamente o que eu quero saber, e a de Farewell, que dizia você não sabe, Pablo?, e a de Neruda, que dizia não, imbecil, não sei, e a de Farewell, que ria e olhava para mim, um olhar cúmplice e fresco, como se me dissesse seja poeta, se é isso o que o senhor quer, mas escreva crítica literária e leia, fuce, leia, fuce, e a de Neruda, que dizia vai me dizer ou não vai?, e a de Farewell, que enumerava uns versos da *Divina comédia*, e a de Neruda, que recitava outros versos da *Divina comédia*, os quais, no entanto, não tinham nada a ver com Sordello, e Blacatz?, um convite ao canibalismo, o coração de Blacatz, que todos deveríamos degustar, depois Neruda e Farewell se abraçaram e recitaram em dueto uns versos de Rubén Darío, enquanto o jovem nerudiano e eu afirmávamos que Neruda era nosso melhor poeta e Farewell nosso melhor crítico literário, e os brindes se duplicavam de novo e de novo. Sordello, que Sordello?, Sordel, Sordello, que Sordello? O fim de semana todo essa musiquinha me acompanhou aonde quer que eu fosse, leve e vivificante, alada e curiosa. A primeira noite em Là-Bas dormi como um anjo. A segunda noite li até tarde uma *História da literatura italiana dos séculos XIII, XIV e XV*. Domingo de manhã apareceram dois carros com mais convidados. Todos conheciam Neruda, Farewell e até o jovem nerudiano, menos a mim, de modo que aproveitei esse momento de efusões alheias para me perder com um livro no bosque que se erguia à esquerda da casa principal da fazenda. Do outro lado, mas sem sair dos limites do bosque, de uma espécie de elevação, avistavam-se os vinhedos de Farewell, seus pousios, e suas terras onde crescia o trigo ou a cevada. Numa trilha que caracolava entre os pastos, distingui dois camponeses, com chapéus de palha, que se perderam debaixo de uns salgueiros. Para lá dos salgueiros havia árvores de grande porte que pareciam furar o céu azul-celeste sem nuvens. Ainda mais além se destacavam as grandes montanhas. Rezei um padre-nosso. Fechei os olhos. Mais não podia pedir. Ou talvez o rumor de um rio. O canto da água pura nas pedras. Quando refiz o caminho através do bosque, ainda ressoava em meus ouvidos Sordel, Sordello, que Sordello?, mas algo dentro do bosque turvava a evocação musical e entusiasta. Saí pelo lado errado. Não estava em frente à casa principal, mas diante de uma horta que parecia esquecida por Deus. Ouvi sem surpresa o latido de uns cachorros que não enxerguei e, ao cruzar a horta onde, debaixo da sombra protetora de uns abacateiros, era cultivado todo tipo de legumes e verduras dignas de um Arcimboldo, distingui um menino e uma menina que, como Adão e Eva, brincavam nus ao longo de um sulco na terra. O menino olhou para mim: um rosário de catarros pendia do nariz até o peito. Afastei rapidamente o olhar, mas não pude banir um nojo imenso. Senti-me cair no vazio, um vazio intestinal, um vazio feito de estômagos e entranhas. Quando por fim pude controlar a náusea, o menino e a menina tinham desaparecido. Depois cheguei a uma espécie de galinheiro. Apesar de o sol ainda estar alto, vi todas as galinhas dormindo em seus poleiros sujos. Voltei a ouvir o latido dos cachorros e o barulho de um corpo mais ou menos volumoso que se introduzia à força na ramagem. Atribuí-o ao vento. Mais adiante havia uma cocheira e um chiqueiro. Contornei-os. Do outro lado se erguia uma araucária. Que fazia ali uma árvore tão majestosa e bela? A graça de Deus a colocou aqui, disse comigo mesmo. Apoiei-me na araucária e respirei. Fiquei assim um bom momento, até que ouvi vozes muito distantes. Avancei seguro de que eram as vozes de Farewell, Neruda e seus amigos procurando por mim. Cruzei um canal por onde se arrastava uma água barrenta. Vi urtigas e todo tipo de ervas daninhas, e vi pedras postas aparentemente ao ditado do acaso mas cujo traçado correspondia a uma vontade humana. Quem teria disposto aquelas pedras daquele jeito?, perguntei-me. Imaginei um menino vestindo um suéter puído, feito de lã de ovelha, grande demais para ele, movendo-se pensativo na imensa solidão que precede os anoiteceres do campo. Imaginei um rato. Imaginei um javali. Imaginei um abutre morto num pequeno vale onde ninguém havia pisado. A certeza dessa solidão absoluta continuou imaculada. Além do canal, pendurada em barbantes amarrados de árvore em árvore, vi roupa recém-lavada que o vento mexia, espargindo em volta um aroma de sabão barato. Afastei os lençóis e as camisas, e o que vi, a uns trinta metros de distância, foram duas mulheres e três homens, em pé num semicírculo imperfeito, com as mãos tapando o rosto. Era o que faziam. Parecia impossível, mas era o que faziam. Cobriam o rosto! Embora aquele gesto tenha durado pouco e, ao me ver, três deles tenham se posto a andar em minha direção, a visão (e tudo o que ela trazia consigo), apesar da sua brevidade, conseguiu alterar meu equilíbrio mental e físico, o feliz equilíbrio que minutos antes a contemplação da natureza havia me proporcionado. Lembro que recuei. Embaracei-me num lençol. Dei um par de tapas, e teria caído de costas se um dos camponeses não houvesse me agarrado pelo pulso. Ensaiei uma expressão perplexa de agradecimento. Isso é o que guardo na memória. Meu sorriso tímido, meus dentes tímidos, minha voz quebrando o silêncio do campo para agradecer. As duas mulheres me perguntaram se estava passando mal. Está se sentindo bem, padre?, disseram. E eu me maravilhei por ser reconhecido, pois as duas únicas camponesas que tinha visto foram as do primeiro dia, e estas não eram aquelas. Tampouco usava a batina. Mas as notícias voam, e essas mulheres, que não trabalhavam em Là-Bas mas numa fazenda vizinha, sabiam da minha presença, e era até possível que tivessem vindo à fazenda de Farewell na expectativa de uma missa, coisa que Farewell teria podido promover sem maiores inconvenientes, pois a fazenda contava com uma capela, mas nem lhe passou pela cabeça, claro, em grande medida porque o convidado de honra era Neruda, que se gabava de ser ateu (do que duvido), e porque o pretexto do fim de semana era literário e não religioso, com o que eu concordava plenamente. Mas o fato é que essas mulheres tinham caminhado pelos pastos e pelas trilhas minúsculas e contornado os campos semeados para me ver. E ali estava eu. Elas vieram a mim, e eu as vi. E que foi que vi? Olheiras. Lábios gretados. Pômulos brilhantes. Uma paciência que não me pareceu resignação cristã. Uma paciência como que vinda de outras latitudes. Uma paciência que não era chilena, embora aquelas mulheres fossem chilenas. Uma paciência que não tinha sido gerada no nosso país nem na América, que nem sequer era uma paciência europeia, nem asiática, nem africana (se bem que praticamente desconheço estas duas últimas culturas). Uma paciência como que vinda do espaço exterior. E essa paciência esteve a ponto de encher minha paciência. E as palavras delas, seus murmúrios, estenderam-se pelo campo, pelas árvores movidas pelo vento, pelo mato ralo movido pelo vento, pelos frutos da terra movidos pelo vento. E eu me sentia cada vez mais impaciente, pois me esperavam na casa principal e talvez alguém, Farewell ou outro, estivesse se perguntando as razões da minha já prolongada ausência. As mulheres só sorriam ou adotavam gestos de severidade ou fingida surpresa, seus rostos antes inexpressivos iam do mistério à iluminação, contraíam-se em interrogações mudas ou se expandiam em exclamações sem palavras, enquanto os dois homens, que tinham ficado para trás, começavam a ir-se, mas não em linha reta, não rumando para as montanhas, e sim em ziguezague, falando, apontando de vez em quando para indiscerníveis pontos da campina, como se também neles a natureza ativasse observações singulares dignas de serem expressas em voz alta. E o homem que havia acompanhado as mulheres ao meu encontro, aquele cuja mão tinha me agarrado pelo pulso, permaneceu sem se mover, distante uns quatro metros das mulheres e de mim, mas virou a cabeça e seguiu com o olhar o rumo dos seus companheiros, como se de repente lhe interessasse sobremaneira aquilo que os outros faziam ou viam, aguçando o olhar para não perder um só detalhe. Lembro-me de tê-lo encarado. Lembro que bebi seu rosto até a última gota, tentando elucidar o caráter, a psicologia de um indivíduo como aquele. A única coisa que dele fica na minha memória, no entanto, é a lembrança da sua feiura. Era feio e tinha o pescoço extremamente curto. Na realidade, todos eram feios. As camponesas eram feias, e suas palavras, incoerentes. O camponês parado era feio, e sua imobilidade, incoerente. Os camponeses que se afastavam eram feios, e sua singradura em ziguezague, incoerente. Deus que me perdoe e que os perdoe. Almas perdidas no deserto. Dei-lhes as costas e fui embora. Sorri para eles, disse alguma coisa, perguntei-lhes como se chegava à casa principal de Là-Bas e fui embora. Uma das mulheres quis me acompanhar. Recusei. A mulher insistiu, eu comboio o senhor, seu padre, disse, e o verbo *comboiar* dito por tais lábios provocou em mim uma hilaridade que percorreu todo o meu corpo. Você me comboia, filha?, perguntei. Eu mesma, disse ela. Ou: eu merma. Ou algo que o vento de fins da década de 50 ainda impele pelos intermináveis recônditos de uma memória que não é a minha. Em todo caso estremeci de rir, tive calafrios de rir. Não é preciso, disse eu. Já chega, disse. Basta por hoje, disse. E dei as costas para eles e fui embora com energia, a bom passo, movendo os braços e com um sorriso que, mal transpus a fronteira da roupa estendida, transformou-se em franca risada, assim como o passo se transformou num trote com uma leve reminiscência marcial. No jardim de Là-Bas, junto de uma pérgula de madeira nobre, os convidados de Farewell ouviam Neruda recitar. Em silêncio, pus-me ao lado do seu jovem discípulo, que fumava com ar displicente e concentradíssimo, enquanto as palavras do ilustríssimo raspavam as variadas crostas da terra ou se elevavam até as travessas lavradas da pérgula e além dela, até as nuvens baudelairianas, que percorriam uma a uma os límpidos céus da pátria. Às seis da tarde parti daquela minha primeira visita a Là-Bas. O automóvel de um dos convidados de Farewell me levou até Chillán, bem a tempo de pegar o trem que me retornou a Santiago. Meu batismo no mundo das letras estava encerrado. Quantas imagens muitas vezes contraditórias se instalaram nas noites posteriores, durante as reflexões e as insônias! Muitas vezes eu via a silhueta de Farewell, escura e corpulenta, recortada na moldura de uma porta muito grande. Tinha as mãos nos bolsos e parecia observar detidamente a passagem do tempo. Também via Farewell sentado numa poltrona do seu clube, com as pernas cruzadas, falando da imortalidade literária. Ah, a imortalidade literária. Outras vezes discernia um grupo de figuras cingidas pela cintura, como se dançassem a conga, mover-se por um salão cujas paredes estavam repletas de quadros. Dance, padre, dizia alguém que eu não via. Não posso, respondia, os votos não permitem. Eu tinha um caderninho numa das mãos e com a outra escrevia um esboço de resenha literária. O livro se chamava *A passagem do tempo*. A passagem do tempo, a passagem do tempo, o estalido dos anos, o despenhadeiro das ilusões, a quebrada mortal dos afãs de todo tipo menos dos afãs da sobrevivência. A serpente sincopada da conga se aproximava indefectivelmente do meu canto, mexendo e levantando em uníssono primeiro a perna esquerda, depois a direita, depois a esquerda, depois a direita, e então eu distinguia Farewell entre os que dançavam, Farewell, com as mãos na cintura de uma senhora da melhor sociedade chilena daqueles anos, uma senhora de sobrenome basco que infelizmente esqueci, enquanto na cintura dele se viam as mãos de um ancião cujo corpo estava a ponto de desmoronar, um velho mais morto que vivo que, no entanto, sorria a torto e a direito e parecia se deleitar mais que ninguém com a conga. Outras vezes voltavam as imagens da minha infância e adolescência, e eu via a sombra do meu pai se esgueirando pelos corredores da casa como se fosse uma doninha ou um furão, ou mais apropriadamente, uma enguia encerrada num recipiente pouco adequado. Toda conversa, todo diálogo, dizia uma voz, está proibido. Às vezes eu me interrogava sobre a natureza dessa voz. Seria a voz de um anjo? Seria a voz do meu anjo da guarda? Seria a voz de um demônio? Não demorei muito a descobrir que era minha própria voz, a voz do meu superego que me guiava o sonho como um piloto de nervos de aço, era o supereu que guiava um caminhão frigorífico no meio de uma estrada em chamas, enquanto o id gemia e falava numa língua que parecia miceniano. Meu ego, claro, dormia. Dormia e trabalhava. Naquela época comecei a trabalhar na Universidade Católica. Naquela época comecei a publicar meus primeiros poemas e, depois, minhas primeiras críticas de livros, minhas notas sobre a vida literária de Santiago. Apoio-me num cotovelo, estico o pescoço e recordo. Enrique Lihn, o mais brilhante da sua geração, Giacone, Uribe Arce, Jorge Teillier, Efraín Barquero, Delia Domínguez, Carlos de Rokha, a juventude dourada. Todos ou quase todos sob a influência de

Neruda, salvo uns poucos que caíram sob a influência, ou antes, o magistério de Nicanor Parra. Lembro-me também de Rosamel del Valle. Conheci-o, claro. Fiz críticas de todos eles: de Rosamel, de Díaz Casanueva, de Braulio Arenas e dos seus companheiros de La Mandrágora, de Teillier e dos jovens poetas que vinham do Sul chuvoso, dos narradores dos 50, de Donoso, de Edwards, de Lafourcade. Todos boas pessoas, todos escritores esplêndidos. De Gonzalo Rojas, de Anguita. Fiz críticas de Manuel Rojas e falei de Juan Emar, de María Luisa Bombal, de Marta Brunet. Assinei estudos e exegeses sobre a obra de Blest Gana e Augusto d'Halmar e Salvador Reyes. E tomei a decisão, ou talvez tenha decidido antes, provavelmente antes, tudo nesta hora é vago e confuso, de que devia adotar um pseudônimo para meus trabalhos críticos e manter meu nome verdadeiro para a produção poética. Então adotei o nome de H. Ibacache. Pouco a pouco H. Ibacache foi ficando mais conhecido que Sebastián Urrutia Lacroix, para minha surpresa e também satisfação, pois Urrutia Lacroix planejava uma obra poética para o futuro, uma obra de ambição canônica que ia se cristalizar unicamente com o passar dos anos, numa métrica que ninguém mais praticava no Chile, que estou dizendo, que nunca ninguém havia praticado no Chile, enquanto Ibacache lia e explicava em voz alta suas leituras, como antes Farewell tinha feito, num esforço elucidativo da nossa literatura, num esforço racional, num esforço civilizatório, num esforço de tom comedido e conciliador, como um humilde farol na costa da morte. E essa pureza, essa pureza revestida do tom menor de Ibacache mas nem por isso menos admirável, pois Ibacache era sem dúvida, nas entrelinhas ou observado em seu conjunto, um exercício vivo de despojamento e de racionalidade, isto é, de valor cívico, seria capaz de iluminar com uma força muito maior do que qualquer outro estratagema a obra de Urrutia Lacroix, que era gerada verso a verso, na diamantina pureza do seu duplo. Falando em pureza, ou a propósito da pureza, uma tarde, na casa de don Salvador Reyes, com outros cinco ou seis convidados, entre os quais Farewell, don Salvador disse que um dos homens mais puros que havia conhecido na Europa fora o escritor alemão Ernst Jünger. E Farewell, que seguramente conhecia a história mas queria que eu a ouvisse da boca de don Salvador, pediu-lhe que explicasse como tinha conhecido Jünger e em que circunstâncias, e don Salvador sentou numa poltrona com franjas douradas e disse que aquilo acontecera muito tempo antes, em Paris, durante a Segunda Guerra Mundial, quando ele estava lotado na embaixada chilena. Falou então de uma festa, não sei agora se na embaixada chilena ou na alemã ou na italiana, e falou de uma mulher muito bonita que lhe perguntou se queria ser apresentado ao notável escritor alemão. Don Salvador, que, naquela época, calculo tivesse menos de cinquenta anos, isto é, era muito mais moço e vigoroso do que sou agora, respondeu que sim, que adoraria, apresente-me já, Giovanna, e a italiana, a duquesa ou condessa italiana que gostava tanto do nosso escritor e diplomata, guiou-o através de vários salões, cada salão se abria para outro salão, como rosas místicas, e no último salão havia um grupo de oficiais da Wehrmacht e vários civis, o centro de atenção de toda essa gente era o capitão Jünger, herói da Primeira Guerra Mundial, autor de *Na tempestade do aço, Jogos africanos, Nos rochedos de mármore e Heliópolis*, e, depois de ouvir alguns axiomas do grande escritor alemão, a princesa italiana procedeu à apresentação do escritor ao diplomata chileno, e eles trocaram ideias em francês, claro, depois Jünger, num impulso de cordialidade, perguntou ao nosso escritor se era possível encontrar alguma obra dele em francês, ao que o chileno respondeu pronta e velozmente de forma afirmativa, claro, havia um livro dele traduzido em francês, se Jünger desejasse ler, teria muito prazer em oferecê-lo, ao que Jünger respondeu com um sorriso de satisfação, e ambos trocaram cartões de visita e marcaram uma data para jantar juntos, ou almoçar, ou tomar o café da manhã, porque Jünger tinha uma agenda lotada de compromissos irrecusáveis, além dos imprevistos que surgiam todo dia e transtornavam de modo irremediável qualquer compromisso previamente adquirido, pelo menos marcaram em princípio uma data para uma *once** chilena, disse don Salvador, para que Jünger soubesse o que era bom, ora, para que Jünger não imaginasse que aqui ainda andávamos vestidos de penas, depois don Salvador se despediu de Jünger e se foi com a condessa ou duquesa ou princesa italiana, atravessando outra vez os salões intercomunicantes como a rosa mística, que abre suas pétalas para uma rosa mística, que abre suas pétalas para outra rosa mística, e assim até o fim dos tempos, falando, em italiano, de Dante e das mulheres de Dante, mas no caso, quer dizer, quanto à substância da conversa, daria no mesmo se tivessem falado de D'Annunzio e das suas putas. Dias depois don Salvador se encontrou com Jünger na mansarda de um pintor guatemalteco que não pudera sair de Paris depois da ocupação e don Salvador visitava esporadicamente, levando-lhe em cada visita as mais variadas iguarias, pão e patê, uma garrafa de Bordeaux, um quilo de espaguete embrulhado em papel manilhinha, chá e açúcar, arroz, azeite e cigarros, o que podia encontrar na cozinha da embaixada ou no mercado negro, e esse pintor guatemalteco submetido à caridade do nosso escritor nunca lhe agradecia, podia don Salvador aparecer com uma lata de caviar, geleia de cereja e champanhe, que ele nunca dizia obrigado, Salvador, ou obrigado, don Salvador, inclusive uma ocasião nosso egrégio diplomata levou, numa das visitas, um dos

---

* O lanche da tarde, verdadeira instituição chilena. (N. T.)

seus romances, um romance que pensara dar de presente a outra pessoa, cujo nome é melhor manter em discreto segredo pois essa pessoa era casada, mas, ao ver o pintor guatemalteco tão abatido, resolveu lhe dar ou emprestar o romance, e, quando voltou a visitá-lo, um mês depois, o romance, seu romance, estava na mesma mesa ou cadeira em que o tinha deixado, e, ao perguntar ao pintor se o romance lhe desagradara ou, pelo contrário, se havia achado em suas páginas um entretenimento prazeroso, ele respondeu, desalentado e com má vontade, como sempre parecia estar, que não tinha lido, diante do que don Salvador disse, com o desânimo próprio dos autores (pelo menos dos autores chilenos e argentinos) que se veem numa situação como essa: então você não gostou, homem; ao que o guatemalteco respondeu que não gostara nem desgostara, que simplesmente não tinha lido, então don Salvador pegou seu romance e pôde perceber na capa a poeira que se deposita nos livros (nas coisas!) quando não são usados, e soube nesse instante que o guatemalteco dizia a verdade, por isso não se aborreceu, embora tenha ficado sem aparecer na mansarda cerca de dois meses. Quando voltou a aparecer, o pintor estava mais magro que nunca, como se durante aqueles dois meses não houvesse posto nada na boca, como se quisesse se deixar morrer contemplando da sua janela o plano urbano de Paris, acometido pelo que então alguns médicos chamavam de melancolia e hoje se chama anorexia, uma doença de que padecem majoritariamente as mocinhas, as lolitas que o vento reluzente leva e traz pelas ruas imaginárias de Santiago, da qual, no entanto, naqueles anos e naquela cidade submetida à vontade germânica padeciam os pintores guatemaltecos que viviam em obscuras e altíssimas mansardas, doença que não recebia o nome de anorexia, mas de melancolia, *morbus melancholicus*, o mal que ataca os pusilânimes, então don Salvador Reyes ou talvez Farewell, mas, se foi Farewell, foi muito depois, lembrou o livro de Robert Burton, *Anatomia da melancolia*, em que se dizem coisas tão acertadas sobre esse mal, talvez nesse momento todos os ali presentes nos calamos e dedicamos um minuto de silêncio àqueles que sucumbiram aos influxos da bile negra, essa bile negra que hoje me corrói e me abate e me deixa à beira das lágrimas ao ouvir as palavras do jovem envelhecido, e, quando nos calamos, foi como se compuséssemos, em estreita aliança com o acaso, uma cena que parecia tirada de um filme de cinema mudo, uma tela branca, tubos de ensaio e retortas, e um filme queimado, queimado, queimado, então don Salvador falou de Schelling (que ele nunca tinha lido, segundo Farewell), que falava da melancolia como ânsia de infinito — *Sehnsucht* —, relatou intervenções neurocirúrgicas em que se seccionam umas fibras nervosas do paciente que unem o tálamo ao córtex cerebral do lobo frontal, depois voltou a falar do pintor guatemalteco, seco, descarnado, raquítico, chupado, escanifrado, emaciado, macilento, depauperado, consumido, flébil, afilado, numa palavra, magérrimo, a tal ponto que don Salvador se assustou, pensou a que ponto você chegou, fulano, beltrano ou como quer que se chamasse o centro-americano, e seu primeiro impulso, como bom chileno, foi convidá-lo para jantar ou tomar uma *once*, mas o guatemalteco não aceitou, alegando que lhe dava não sei quê descer à rua naquelas horas, e nosso diplomata perdeu a paciência ou a diplomacia e perguntou desde quando ele não comia, e o guatemalteco disse que tinha comido havia pouco, quando é há pouco?, ele não lembrava, mas don Salvador, ele sim, lembrava-se de um detalhe, e o detalhe era o seguinte: que, quando ele parou de falar e pôs num aparador ao lado do fogareiro uns escassos petiscos que trouxera, quer dizer, quando o silêncio voltou a reinar na mansarda do guatemalteco e a presença de don Salvador se tornou leve, ocupado que ele estava em arrumar a comida, ou em olhar pela centésima vez as telas do guatemalteco penduradas nas paredes, ou em ficar sentado, pensando, fumando, enquanto deixava o tempo passar com uma vontade (e com uma indiferença) que só os que passaram muito tempo no serviço diplomático ou no Ministério das Relações Exteriores possuem, o guatemalteco sentou na outra cadeira, posta ex professo ao lado da única janela, e, enquanto don Salvador desperdiçava o tempo sentado na cadeira do fundo admirando a paisagem móvel da sua própria alma, o guatemalteco melancólico e raquítico desperdiçava o tempo admirando a paisagem repetida e insólita de Paris. E, quando os olhos do nosso escritor descobriram a linha transparente, o ponto de fuga para o qual convergia ou do qual divergia o olhar do guatemalteco, bom, bom, então por sua alma passou a sombra de um calafrio, o desejo imediato de fechar os olhos, de parar de olhar para aquele ser que olhava o crepúsculo tremulante de Paris, o impulso de fugir ou de abraçá-lo, o desejo (que encobria uma ambição ponderada) de lhe perguntar o que ele via e, ato contínuo, apropriar-se dessa visão, e ao mesmo tempo o medo de ouvir o que não se pode ouvir, as palavras essenciais que não podemos ouvir e com quase toda a certeza não podem ser pronunciadas. Foi ali, naquela mansarda, por puro acaso, que don Salvador se encontrou tempos depois com Ernst Jünger, o qual fora visitar o guatemalteco, impelido por seu fino olfato e, principalmente, por sua inesgotável curiosidade. Quando don Salvador transpôs o umbral da moradia do centro-americano, a primeira coisa que viu foi Jünger metido na sua farda de oficial da Wehrmacht, absorto no estudo de um quadro de dois metros por dois, um óleo que don Salvador tinha visto inúmeras vezes e levava o curioso título de *Paisagem da Cidade do México uma hora antes do amanhecer*, um quadro de inequívoca influência surrealista, movimento a que o guatemalteco havia se associado com mais vontade que êxito, sem jamais gozar da bênção oficial dos celebrantes da ordem de Breton, no qual se advertia certa leitura marginal de alguns paisagistas italiano, assim como uma afinidade, muito própria, aliás, de centro-americanos extravagantes e hipersensíveis, com os simbolistas franceses Redon ou Moreau. O quadro mostrava a Cidade do México vista de um morro ou talvez da sacada de um edifício alto. Predominavam os verdes e os cinzas. Alguns bairros pareciam ondas. Outros bairros pareciam negativos de fotografias. Não se percebiam figuras humanas, mas, aqui e ali, esqueletos esfumados que podiam ser tanto de pessoas como de animais. Quando Jünger viu don Salvador, uma levíssima expressão de surpresa, seguida de uma expressão de alegria igualmente leve, cruzou seu rosto. Claro, cumprimentaram-se efusivamente e trocaram as perguntas de praxe. Depois Jünger se pôs a falar de pintura. Don Salvador lhe fez perguntas sobre a arte alemã, que não conhecia. Teve a impressão de que na verdade Jünger só se interessava por Dürer, de modo que por um instante se dedicaram a falar apenas de Dürer. O entusiasmo de ambos foi num crescendo. De repente don Salvador se deu conta de que desde que chegara não havia trocado uma só palavra com o anfitrião. Procurou-o enquanto um pequeno sinal de alarme começava a aumentar dentro de si. Quando lhe perguntamos que sinal de alarme era esse, respondeu que teve medo de que o guatemalteco tivesse sido detido pela polícia francesa ou, pior ainda, pela Gestapo. Mas o guatemalteco estava ali, sentado à janela, absorto (a palavra não é *absorto*, a palavra nunca poderá ser *absorto*) na contemplação fixa de Paris. Com alívio, nosso diplomata mudou habilmente de assunto e perguntou a Jünger o que achava das obras do centro-americano silencioso. Jünger disse que o pintor parecia sofrer de uma anemia aguda e que sem dúvida nenhuma o que mais lhe convinha era comer. Nesse momento don Salvador se deu conta de que ainda tinha nas mãos as provisões que trouxera para o guatemalteco, um pouco de chá, um pouco de açúcar, um pão, e meio quilo de um queijo de cabra de que nenhum chileno gosta, o qual tinha subtraído da cozinha da nossa embaixada. Jünger olhava para a comida. Don Salvador corou e tratou de deixá-la nas prateleiras enquanto anunciava ao guatemalteco que havia lhe "trazido umas coisinhas". O guatemalteco, como de costume, não agradeceu nem se virou para ver de que coisinhas se tratava. Durante alguns segundos, recordou don Salvador, a situação não pôde ser mais ridícula. Jünger e ele em pé, sem saber o que dizer, e o pintor centro-americano amuado, à janela, dando-lhes obstinadamente as costas. Mas Jünger tinha uma resposta para qualquer situação e, ante o desinteresse do anfitrião, tratou ele mesmo de fazer as honras da casa a don Salvador, aproximando duas cadeiras e oferecendo ao nosso diplomata cigarros turcos, que pelo visto reservava unicamente para seus amigos ou para situações ad hoc, pois não fumou nenhum durante o resto da visita. Nessa tarde, alheios e distantes da agitação e das intromissões muitas vezes indiscretas dos salões parisienses, o escritor chileno e o escritor alemão falaram de tudo o que quiseram, do humano e do divino, da guerra e da paz, da pintura italiana e da pintura nórdica, da fonte do mal e dos efeitos do mal, que às vezes parecem concatenados pelo azar, da flora e da fauna do Chile, que Jünger parecia conhecer graças à leitura do seu compatriota Philippi, que soube ser alemão e chileno ao mesmo tempo, acompanhados de uma xícara de chá que o próprio don Salvador preparou (o guatemalteco, ao ser perguntado se queria uma, recusou quase inaudivelmente), à qual se seguiram dois copos de conhaque, tirado da provisão trazida por Jünger em sua garrafinha de prata, que o guatemalteco dessa vez não recusou, o que provocou inicialmente o sorriso e em seguida a risada franca e descontraída dos dois escritores e as engenhosas gozações de praxe. Depois, tendo o guatemalteco voltado à sua janela com sua ração de conhaque, Jünger quis saber, pois estava interessado naquele óleo, se o pintor vivera muito tempo na capital asteca e se tinha algo a dizer sobre sua estada lá, ao que o guatemalteco respondeu que havia estado na Cidade do México apenas uma semana e que suas lembranças dessa cidade eram indefinidas e quase sem contornos, e que, além do mais, tinha pintado em Paris o quadro objeto da atenção e da curiosidade do germânico, muitos anos depois e quase sem pensar no México, embora experimentando algo que o guatemalteco, na falta de palavra melhor, chamava de sentimento mexicano. O que deu ensejo a Jünger para falar sobre os poços cegos da memória, aludindo a uma possível visão captada pelo guatemalteco durante sua breve estada na Cidade do México, a qual só havia aflorado muitos anos depois, mas don Salvador, que assentia a tudo o que o herói germânico dizia, pensou que talvez não se tratasse de poços cegos repentinamente abertos ou em todo caso não precisamente desses poços cegos, e bastou pensar nisso para que sua cabeça começasse a zumbir, como se dela escapassem centenas de mutucas, visíveis unicamente por meio de uma sensação de calor e de enjoo, apesar de a mansarda do guatemalteco não ser propriamente um lugar quente, e as mutucas voavam transparentes diante das suas pálpebras, como gotas de suor com asas, fazendo o zumbido característico dos moscardos, pois, ou o som característico das mutucas, que são a mesma coisa embora em Paris não haja mutucas, e então don Salvador, enquanto assentia mais uma vez, já não compreendendo nada além de frases soltas do discurso em francês que Jünger lhe pespegava, enxergou ou julgou enxergar uma parte da verdade, e, nessa parte mínima da verdade, o guatemalteco se encontrava em Paris, e a guerra havia começado, ou estava prestes a começar, e o guatemalteco já tinha

37

adquirido o costume de passar longas horas mortas (ou agônicas) diante da sua única janela contemplando o panorama de Paris, e dessa contemplação havia surgido a *Paisagem da Cidade do México uma hora antes do amanhecer*, da contemplação insone de Paris pelo guatemalteco, e a seu modo o quadro era um altar de sacrifícios humanos, e a seu modo o quadro era um gesto de soberano fastio, e a seu modo o quadro era uma aceitação de uma derrota, não a derrota de Paris nem a derrota da cultura europeia, briosamente disposta a incinerar a si mesma, nem a derrota política de ideais que o pintor vagamente compartilhava, mas a derrota dele próprio, um guatemalteco sem fama nem fortuna mas disposto a fazer um nome nos cenáculos da Cidade Luz, e a lucidez com que o guatemalteco aceitava sua derrota, uma lucidez que inferia outras coisas, as quais transcendiam o puramente particular e anedótico, fez que os pelos dos braços do nosso diplomata se eriçassem ou, como diz o vulgo, que ele ficasse todo arrepiado. Então don Salvador tomou de um só gole o que lhe restava de conhaque e voltou a ouvir as palavras do alemão, que durante aquele tempo todo estivera falando sozinho, pois ele, nosso escritor, tinha se emaranhado na teia dos pensamentos inúteis, e o guatemalteco, como era de esperar, jazia junto da sua janela, consumindo-se na repetida e estéril contemplação de Paris. Assim, depois de pegar sem muita dificuldade (ou assim julgou) o fio da conversa, don Salvador pôde participar da exposição teórica de Jünger, uma exposição que teria assustado até o próprio Pablo, se não estivesse atenuada pela modéstia, pela falta de empolamento com que o alemão expunha seu credo das belas-artes. E depois o oficial da Wehrmacht e o diplomata chileno deixaram juntos a mansarda do pintor guatemalteco, e, enquanto desciam a interminável escada para ganhar a rua, Jünger disse não acreditar que o guatemalteco chegasse vivo ao inverno seguinte, coisa que soava estranha provinda da sua boca, pois não era novidade para ninguém naqueles dias que muitos milhares de pessoas não iam chegar vivas ao inverno seguinte, a maioria delas muito mais sadias que o guatemalteco, a maioria mais alegre, a maioria com uma disposição para a vida notavelmente superior à do guatemalteco, mas Jünger mesmo assim disse isso, talvez sem pensar, ou mantendo cada coisa em seu devido lugar, e don Salvador assentiu mais uma vez, embora, de tanto visitar o pintor, não estivesse tão seguro de que ele fosse morrer, mas assim mesmo disse que sim, que evidentemente, que claro, ou talvez só tenha pigarreado o hum-hum dos diplomatas, que pode significar qualquer coisa ou seu contrário. Pouco depois Ernst Jünger foi jantar na casa de Salvador Reyes, e dessa vez os conhaques foram servidos em taças de conhaque, e se falou de literatura, sentados em cômodas poltronas, e o jantar foi, digamos, equilibrado, como deve ser um jantar em Paris, tanto no aspecto gastronômico como no intelectual, e, quando o alemão se despediu, don Salvador lhe ofereceu um dos seus livros traduzidos para o francês, talvez o único, não sei, de acordo com o jovem envelhecido ninguém em Paris conserva a mais remota lembrança de don Salvador Reyes, deve dizer isso só para implicar comigo, pode ser mesmo que ninguém mais se lembre de Salvador Reyes em Paris, no Chile poucos, de fato, lembram-se dele, e ainda menos gente o lê, mas isso não vem ao caso, o que vem ao caso é que, ao ir embora da residência de Salvador Reyes, o alemão levava no bolso do terno um livro do nosso escritor, e não há dúvida de que leu o livro, pois fala dele nas suas memórias, e não fala mal. Isso foi tudo o que Salvador Reyes nos contou dos seus anos em Paris durante a Segunda Guerra Mundial. Uma coisa é certa, e dela deveríamos nos orgulhar: em suas memórias Jünger não fala de nenhum chileno, salvo don Salvador Reyes. Nenhum chileno mostra seu trêmulo nariz na obra escrita desse alemão, salvo don Salvador Reyes. Não existe nenhum chileno, como ser humano e como autor de um livro, naqueles anos obscuros e ricos de Jünger, salvo don Salvador Reyes. E naquela noite, enquanto me afastava da casa do nosso narrador e diplomata, caminhando por uma rua bordada de tílias, na companhia da intemperante sombra de Farewell, tive uma visão em que a graça se derramava a rodo, brunida como o sonho dos heróis, e, como era jovem e impulsivo, comuniquei-a de imediato a Farewell, que só pensava em chegar depressa a um restaurante cujo cozinheiro lhe indicaram, e eu disse a Farewell que por um instante tinha me visto, ali, enquanto caminhávamos por aquela sossegada rua bordada de tílias, escrevendo um poema em que se cantava a presença ou a sombra áurea de um escritor adormecido no interior de uma nave espacial, como um passarinho num ninho de ferragens fumegantes e retorcidas, e que esse escritor que empreendia a viagem para a imortalidade era Jünger, que a nave se espatifara na cordilheira dos Andes, que o corpo impoluto do herói seria conservado entre as ferragens pelas neves eternas e que a escritura dos heróis e, por extensão, os amanuenses da escritura dos heróis eram em si mesmos um canto, um canto de louvor a Deus e à civilização. Farewell, que apressava o passo na medida das suas possibilidades, pois sentia cada vez mais fome, olhou para mim por cima do ombro, como se olha para um fedelho, e me obsequiou com um sorriso gozador. Disse que provavelmente as palavras de Salvador Reyes tinham me impressionado. Isso não era bom. Gostar é bom. Impressionar-se é ruim. Farewell disse isso sem parar um só instante. Depois disse que sobre o tema dos heróis havia muita literatura. Tanta que duas pessoas de gostos e ideias diametralmente opostos podiam escolher com os olhos fechados sem nunca ter a possibilidade de coincidir. Depois se calou, como se o esforço da caminhada o estivesse matando, e passado um instante disse:

chitas, que fome!, uma expressão que eu nunca tinha ouvido antes e nunca tornei a ouvir, e não disse mais nada até estarmos sentados à mesa de um restaurante zurrapa, onde, enquanto engolia uma variada e gostosa iguaria chilena, contou a história da Colina dos Heróis, ou Heldenberg, uma colina que se encontra em algum ponto da Europa Central, na Áustria ou na Hungria, talvez. Na minha ingenuidade, pensei que a história que Farewell ia me contar tinha alguma coisa a ver com Jünger ou com o que eu lhe dissera antes, levado pelo entusiasmo, sobre Jünger e a nave espatifada na cordilheira, sobre a viagem dos heróis à imortalidade, os quais viajam agasalhados unicamente com seus escritos. Mas o que Farewell contou foi a história de um sapateiro, um sapateiro que era súdito do imperador austro-húngaro, um comerciante que havia feito fortuna importando sapatos de um lugar para vendê-los em outro e, depois, fabricando sapatos em Viena para vendê-los aos elegantes de Viena, Budapeste e Praga, e também aos elegantes de Munique e de Zurique, e aos elegantes de Sofia, Belgrado, Zagreb e Bucareste. Um homem de negócios que havia começado com pouco, talvez com uma empresa familiar de trajetória errática que ele tinha consolidado, expandido e tornado famosa, porque os sapatos desse fabricante eram apreciados por todos os que os usavam, destacando-se por seu gosto requintado e sua extrema comodidade, pois se tratava basicamente disso, da conjugação de beleza com comodidade, sapatos e também botas, botinas, borzeguins, e até pantufas e chinelos, que calçavam bem e eram muito duradouros, numa palavra, você podia ter certeza de que esses sapatos não iam deixá-lo na mão no meio do caminho, o que sempre se agradece, você podia ter certeza de que esses sapatos não iam provocar calos nem agravar os calos já existentes, o que os assíduos no pedicuro certamente não levam na brincadeira, enfim, sapatos cujo nome e cuja marca eram garantia de distinção e conforto. O sapateiro em questão, o sapateiro de Viena, tinha entre seus clientes o próprio imperador do Império Austro-Húngaro, e era convidado, ou se fazia convidar, para algumas recepções em que às vezes compareciam o imperador e seus ministros, e os marechais ou generais do império, que chegavam, mais de um, calçando as botas de montar ou os sapatos de passeio do sapateiro e não negavam a este um breve particular, em que costumavam trocar frases banais mas sempre amáveis, reservadas e discretas mas tingidas daquela suave, quase imperceptível, melancolia de palácio de outono, que era a melancolia dos austro-húngaros, segundo Farewell, ao passo que a melancolia russa, por exemplo, era a dos palácios de inverno, ou a dos espanhóis, e nesta apreciação creio que Farewell exagerava, a dos palácios de verão e dos incêndios, e o sapateiro, estimulado segundo alguns por essas deferências, movido segundo outros por transtornos bem diferentes, começou a acariciar e deixar germinar e cultivar com esmero uma ideia que, quando rematada, não demorou a expor ao imperador em pessoa, embora para isso tenha precisado pôr em jogo a totalidade das suas amizades no círculo imperial, no círculo militar e no círculo político. Quando mexeu todos os pauzinhos, começaram a se abrir as portas, e o sapateiro transpôs umbrais e antessalas, e ingressou em salões cada vez mais majestosos e escuros, se bem que de uma escuridão acetinada, uma escuridão régia, onde os passos não ressoavam, primeiro pela qualidade e espessura dos tapetes, segundo pela qualidade e maciez dos sapatos, e, na última câmara a que foi conduzido, estava sentado numa cadeira das mais comuns o imperador, com alguns dos seus conselheiros, e, embora estes últimos o estudassem com semblante severo e até perplexo, como se se perguntassem o que aquele sujeito tinha perdido, que mosca tropical o mordera, que louco anseio se instalara no espírito do sapateiro para solicitar e obter uma audiência com o soberano de todos os austro-húngaros, o imperador, pelo contrário, o recebeu com palavras cheias de carinho, como um pai recebe o filho, lembrando os sapatos da casa Lefebvre de Lyon, bons mas inferiores aos sapatos do seu dileto amigo, os sapatos da casa Duncan & Segal de Londres, excelentes mas inferiores aos sapatos do seu fiel súdito, e os sapatos da casa Niederle de um vilarejo alemão cujo nome o imperador não lembrava (Fürth, ajudou-o o sapateiro), comodíssimos mas inferiores aos sapatos do seu empreendedor compatriota, depois falaram de caçadas, de botas de caça, de botas de montar, de diversos tipos de couro e dos sapatos de senhoras, se bem que, ao chegar a esse ponto, o imperador tenha optado velozmente por censurar a si próprio dizendo cavalheiros, cavalheiros, um pouco de discrição, como se seus conselheiros é que houvessem trazido o assunto à baila e não ele, pecadilho que os conselheiros e o sapateiro aceitaram com jocosidade, culpando-se sem reservas, até que finalmente chegaram ao miolo da audiência, e, enquanto todos se serviam de outra xícara de chá ou café ou tornavam a encher suas taças de conhaque, chegou a vez do sapateiro, e este, enchendo os pulmões de ar, com a emoção que o instante impunha, e mexendo as mãos como se acariciasse a corola de uma flor inexistente mas possível de imaginar, ou seja, provável, explicou ao soberano qual era sua ideia. E a ideia era Heldenberg ou a Colina dos Heróis. Uma colina situada num vale que ele conhecia, entre este povoado e aquele, uma colina de formação calcária, com carvalhos e cedros nas faldas e mato de todo tipo nas zonas altas e mais pedregosas, de cor verde e negra, se bem que na primavera se podiam apreciar cores dignas da paleta do mais exuberante dos pintores, uma colina que alegrava a vista se fosse contemplada do vale e dava muito que pensar se fosse contemplada das zonas altas que circundavam o vale, uma colina que parecia um pedaço de outro mundo, posto ali como lembrete para os homens, para o recolhimento do coração, para alívio da alma, para a alegria dos sentidos. Por azar, a colina tinha um dono, o conde de H, um latifundiário da região, mas o sapateiro já havia solucionado esse problema falando com o conde, a princípio refratário à venda de um fragmento improdutivo da sua propriedade, por pura obstinação de proprietário, conforme contou o sapateiro, sorrindo com comedimento como se entendesse o pobre conde, mas finalmente, depois de lhe oferecer uma soma considerável, o conde estava disposto a vender. A ideia do sapateiro era, portanto, comprar a colina e consagrá-la como monumento aos heróis do império. Não só aos heróis do passado e aos heróis do presente, mas também aos heróis do futuro. Isto é, a colina devia funcionar como campo-santo e como museu. De que forma como museu? Erigindo-se uma estátua, de tamanho natural, a cada herói que tenha existido nas terras do império e até, mas só em casos muito especiais, a alguns heróis estrangeiros. De que forma como campo-santo? Bem, isso era fácil entender: enterrando-se ali os heróis da pátria, uma decisão que recairia na virtude de uma comissão de militares, historiadores e homens da lei e cuja palavra final caberia sempre ao imperador. De tal modo que na colina repousariam para sempre os heróis do passado, cujos esqueletos ou, melhor dizendo, cinzas, era praticamente impossível localizar, na forma de estátuas que se ateriam ao que os historiadores, as lendas, a tradição oral ou os romances diziam das suas características físicas, e os heróis recentes ou futuros, cujos corpos, por assim dizer, estavam à mão dos funcionários do reino. O que o sapateiro pedia ao imperador? Antes de mais nada, sua vênia e seu beneplácito, que a empresa fosse do seu agrado, depois o apoio pecuniário do Estado, pois ele sozinho não podia arcar com todos os gastos que tão faraônica empreitada lhe acarretaria. Quer dizer, o sapateiro estava disposto a pagar do próprio bolso a aquisição da Colina dos Heróis, sua adaptação a cemitério, a grade que a circundaria, os caminhos que tornariam acessível cada canto a todos os visitantes, e até algumas estátuas de heróis do passado gratos à memória patriótica do sapateiro, além de três guardas-florestais, que podiam servir de guarda-cemitérios, e jardineiros, que já trabalhavam numa das suas propriedades campestres, homens solteiros e robustos com quem se podia contar tanto para cavar um túmulo como para afugentar os saqueadores noturnos de túmulos. O resto, isto é, a contratação de escultores, a compra da pedra, do mármore ou do bronze, a manutenção administrativa, as licenças e a publicidade, o traslado das esculturas, o caminho que ligaria a Colina dos Heróis à estrada principal de Viena, os fastos que ali se celebrassem, os transportes dos parentes e das comitivas, a construção de uma pequena (ou não tão pequena) igreja, et cetera, et cetera, com tudo isso arcaria o Estado. Em seguida o sapateiro se estendeu sobre os benefícios morais de um monumento semelhante e falou dos velhos valores, do que restava quando tudo desaparecia, do crepúsculo dos afãs humanos, do tremor e dos últimos pensamentos, e, quando terminou de falar, o imperador, com lágrimas nos olhos, pegou-lhe as mãos, aproximou os lábios do ouvido do sapateiro e sussurrou palavras entrecortadas mas firmes que mais ninguém escutou, depois o olhou nos olhos, um olhar que era difícil sustentar e, no entanto, o sapateiro, cujos olhos também estavam úmidos, sustentou sem pestanejar, depois o imperador moveu a cabeça várias vezes em sucessivas afirmações e, olhando para seus conselheiros, disse bravo, perfeito, excelente, ao que os outros repetiram bravo, bravo. Com isso estava tudo dito, e o sapateiro saiu do palácio esfregando as mãos, radiante de felicidade. Em poucos dias a Colina dos Heróis já tinha mudado de proprietário, e o impetuoso sapateiro, sem esperar sinal algum, deu o tiro de largada para que uma turma de operários se pusesse em movimento e iniciasse as primeiras obras, obras que ele supervisionou pessoalmente, mudando-se para uma pousada do vilarejo ou povoado mais próximo, sem dar tento aos desconfortos, entregando-se à sua obra como só um artista é capaz de fazê-lo, contra ventos e marés, sem se importar com a chuva que frequentemente empapava os campos daquela região, nem com as tempestades que passavam pelo céu cinza-aço da Áustria ou da Hungria em sua marcha inexorável para o oeste, tempestades semelhantes a furacões imantados pelas grandes sombras alpinas que o sapateiro via passar com a capa pingando água, as calças pingando água, os sapatos enterrados no barro mas absolutamente impermeáveis, sapatos decerto magníficos, cujo elogio era impossível ou só estava ao alcance de um artista verdadeiro, sapatos para dançar, para correr ou para trabalhar na lama, sapatos que nunca deixariam na incerteza ou em maus lençóis seu proprietário e nos quais o sapateiro, lamentavelmente, mal prestava atenção (seu ajudante, depois de limpar o barro, lustrava-os toda noite, ou o jovem empregadinho da pousada, quando o sapateiro jazia capitulado, enrolado nos lençóis, às vezes sem nem sequer se despir totalmente), entregue a seu sonho obsessivo, caminhando através dos seus pesadelos, no fim dos quais sempre o esperava a Colina dos Heróis, grave e quieta, escura e nobre, o projeto, a obra que muitas vezes cremos conhecer mas na realidade conhecemos muito pouco, o mistério que levamos no coração e num momento de arroubo colocamos no centro de uma bandeja de metal lavrada com caracteres micenianos, caracteres que balbuciam nossa história e nosso anseio mas na realidade só balbuciam nossa derrota, a justa em que caímos e não sabemos, e pusemos o coração no meio dessa bandeja fria, o coração, o coração, e o sapateiro estremecia na cama, falava sozinho, pronunciava a palavra *coração* e também a palavra *ful-*

gor, e parecia se afogar, e seu ajudante entrava no quarto daquela fria pousada e lhe dizia palavras tranquilizadoras, acorde, senhor, é só um sonho, senhor, e, quando o sapateiro abria os olhos, olhos que segundos antes haviam contemplado seu coração ainda palpitante no meio da bandeja, o ajudante lhe oferecia um copo de leite quente e em resposta só recebia um tapa sem convicção, como se o sapateiro na realidade afastasse seus próprios pesadelos, e depois, olhando para ele como se mal o reconhecesse, dizia que deixasse de mesquinharias, que lhe trouxesse uma taça de conhaque ou um pouco de aguardente. E assim, dia após dia, noite após noite, com bom ou mau tempo, gastando a mancheias seu próprio dinheiro, pois o imperador, depois de ter chorado e dito bravo, excelente, não disse mais nada, os ministros também optaram pelo silêncio, e com eles os conselheiros, os generais e os coronéis mais entusiastas, e sem investidores o projeto não podia andar, mas o fato é que o sapateiro o pusera em andamento e já não podia parar. Quase não o viam mais em Viena, salvo para dar seguimento aos seus trâmites infrutíferos, pois passava o tempo na Colina dos Heróis, supervisionando os trabalhos dos seus cada vez menos numerosos operários, montado num quartão ou quartau resistente às inclemências do tempo, tão duro e obstinado quanto ele, ou trabalhando ele também, se a ocasião assim requeria. No início, no palácio imperial e nos salões elegantes de Viena, seu nome e sua ideia correram como um fino rastilho que um deus gozador teria acendido como passatempo público, depois caiu no esquecimento, como costuma acontecer com tudo. Um dia não se falou mais nele. Noutro dia as pessoas esqueceram seu rosto. Seus negócios de sapataria provavelmente enfrentaram melhor a passagem dos anos. Às vezes alguém, um velho conhecido, via-o numa rua de Viena, mas o sapateiro já não cumprimentava ninguém nem respondia ao cumprimento de ninguém, e ninguém se espantava se ele mudasse de calçada. Vieram épocas duras e épocas confusas, mas sobretudo vieram épocas terríveis, em que o duro e o confuso se mesclavam ao cruel. Os escritores continuaram invocando suas musas. O imperador morreu. Veio uma guerra, e o império morreu. Os músicos continuaram compondo, e as pessoas indo aos concertos. Do sapateiro ninguém mais guardava memória, salvo a fugidia e casual dos poucos possuidores dos seus esplêndidos e resistentes sapatos. Mas o negócio das sapatarias também se viu envolvido na crise mundial, mudou de dono e desapareceu. Os anos que se seguiram foram ainda mais confusos e duros. Vieram assassinatos e perseguições. Veio depois outra guerra, a mais terrível de todas as guerras. E um dia apareceram no vale os tanques soviéticos, e o coronel que comandava o regimento de tanques viu com seu binóculo, da torre do seu blindado, a Colina dos Heróis. As lagartas dos tanques rangeram e se aproximaram da colina, a qual refulgia como metal escuro aos últimos raios de sol que se espalhavam pelo vale. O coronel russo desceu do tanque e se perguntou que diabo é isto. Os russos que estavam nos outros tanques também desceram, esticaram as pernas, acenderam cigarros e contemplaram a grade negra de ferro forjado que circundava a colina, o portão de vastas proporções, as letras fundidas em bronze e chumbadas num rochedo na entrada anunciando ao visitante que aquilo era Heldenberg. Um camponês, que em sua meninice havia trabalhado ali, disse, ao ser indagado, que aquilo era um cemitério, o cemitério onde iam ser enterrados todos os heróis do mundo. Então o coronel e seus homens transpuseram a entrada, para isso tendo de arrombar três velhos e enferrujados cadeados, e se puseram a caminhar pelas veredas da Colina dos Heróis. Não viram estátuas de heróis nem túmulos, só desolação e abandono, até que no alto da colina descobriram uma cripta similar a uma caixa-forte, com a porta lacrada, que trataram de abrir. No interior da cripta, sentado numa curul de pedra, acharam o cadáver do sapateiro, as órbitas vazias como se nunca mais fossem contemplar nada, além do vale sobre o qual se erguia sua colina, a queixada aberta como se, depois de entrever a imortalidade, ainda estivesse rindo, disse Farewell. Depois disse: entende? entende? Vi outra vez meu pai, encarnado na sombra de uma doninha ou de um furão, esgueirando-se pelos cantos da casa, que eram como que os cantos da minha vocação. Depois Farewell repetiu: entende? entende?, enquanto pedíamos café e as pessoas, na rua, apressavam-se, premidas por uma ânsia incompreensível de chegar em casa, e suas sombras se projetavam uma atrás da outra, cada vez mais rápido, nas paredes do restaurante onde Farewell e eu mantínhamos contra ventos e marés, embora talvez eu devesse dizer contra o aparato eletromagnético que tinha se desencadeado nas ruas de Santiago e no espírito coletivo dos santiaguinos, uma imobilidade apenas interrompida pelos gestos das nossas mãos, que aproximavam as xícaras de café dos lábios, enquanto nossos olhos observavam como quem não quer nada, como se fazendo de distraídos, à chilena, as sombras chinesas que apareciam e desapareciam como raios negros nos tabiques do restaurante, um divertimento que parecia hipnotizar meu mestre e me dava vertigem e dor nos olhos, uma dor que se estendia às têmporas, aos parietais e à totalidade do crânio, a qual eu aliviava com orações e Melhorais, embora naquela ocasião, lembro-me agora apoiado com esforço no cotovelo, como se quisesse empreender de imediato o voo beatífico, a dor tenha se mantido só nos olhos, o que era fácil debelar, pois, fechando-os, o problema ficava liquidado, coisa que eu poderia e deveria ter feito mas não fiz, porque a expressão de Farewell, a imobilidade de Farewell, só quebrada então por um ligeiro movimento ocular, foi adquirindo para mim conotações de terror infinito ou de terror disparado para o infinito, que é, aliás, o destino do terror, elevar-se, elevar-se e não terminar nunca, daí nossa aflição, daí nosso desconsolo, daí algumas interpretações da obra de Dante, esse terror fino como uma minhoca e inerme e, no entanto, capaz de subir, subir e se expandir como uma equação de Einstein, e a expressão de Farewell, como eu dizia, foi adquirindo essa conotação, embora quem passasse junto da nossa mesa e olhasse para ele visse apenas um cavalheiro respeitável numa atitude um tanto introspectiva. Então Farewell abriu a boca e, quando eu pensava que ele ia me perguntar mais uma vez se eu entendia, disse: Pablo vai ganhar o Nobel. Disse isso como se soluçasse no meio de um campo de cinzas. E disse: a América vai mudar. E: o Chile vai mudar. Depois seus maxilares se desencaixaram, e mesmo assim ele afirmou: não vou ver isso. E eu disse: Farewell, o senhor vai ver, vai ver tudo. Naquele momento eu soube que eu não falava do céu nem da vida eterna mas fazia minha primeira profecia e que, se o que Farewell previa se consumasse, ele ia presenciá-lo. Farewell disse: a história do vienense me deixou triste, Urrutia. E eu: o senhor vai viver muitos anos, Farewell. E Farewell: de que serve a vida, para que servem os livros, são apenas sombras. E eu: como essas sombras que o senhor estava contemplando? E Farewell: justamente. E eu: Platão tem um livro muito interessante sobre esse assunto. E Farewell: não seja idiota. E eu: que lhe dizem essas sombras, Farewell? Conte-me. E Farewell: falam da multiplicidade das leituras. E eu: múltiplas mas bem miseráveis, bem medíocres. E Farewell: não sei do que está falando. E eu: dos cegos, Farewell, dos tropeços dos cegos, das suas escaramuças vãs, das suas colisões e topadas, dos seus tropicões e tombos, do seu alquebramento geral. E Farewell: não sei do que está falando, o que acontece, nunca tinha visto o senhor assim. E eu: fico contente por me dizer isso. E Farewell: já não sei o que estou lhe dizendo, quero falar, quero dizer, mas só sai espuma. E eu: o senhor distingue algo preciso nas sombras chinesas? distingue cenas claras, o redemoinho da história, um eclipse enlouquecido? E Farewell: distingo um quadro campestre. E eu: algo como um grupo de camponeses que rezam, vão embora e voltam, rezam e vão embora? E Farewell: distingo putas que se detêm por uma fração de segundo para contemplar algo importante, depois vão embora como meteoritos. E eu: distingue algo que diga respeito ao Chile? distingue o rumo da pátria? E Farewell: esta comida me fez mal. E eu: distingue nas sombras chinesas nossa antologia palaciana? consegue ler algum nome? é capaz de reconhecer algum perfil? E Farewell: vejo o perfil de Neruda e o meu, mas na realidade me engano, é somente uma árvore, vejo uma árvore, uma silhueta múltipla e monstruosa da folhagem, como um mar que seca, um desenho que sugere dois perfis e na realidade é um túmulo ao ar livre partido pela espada de um anjo ou pela maça de um gigante. E eu: e que mais? E Farewell: putas que chegam e vão embora, um rio de lágrimas. E eu: seja mais preciso. E Farewell: esta comida me fez mal. E eu: que curioso, a mim não sugerem nada, só vejo sombras, sombras elétricas, como se o tempo houvesse acelerado. E Farewell: não há consolo nos livros. E eu: e vejo com clareza o futuro, e nesse futuro está o senhor, gozando uma longa vida, querido e respeitado por todos. E Farewell: como o dr. Johnson? E eu: exatamente, acertou em cheio, sem tirar nem pôr. E Farewell: como o dr. Johnson deste pedaço de terra esquecido por Deus. E eu: Deus está em toda parte, inclusive nos lugares mais esquisitos. E Farewell: se não me sentisse tão mal do estômago e tão bêbado, trataria de me confessar agora mesmo. E eu: para mim seria uma honra. E Farewell: ou trataria de arrastá-lo para o banheiro e enrabá-lo logo de uma vez. E eu: não é o senhor quem fala, é o vinho, são essas sombras que o perturbam. E Farewell:

não fique vermelho, todos nós, chilenos, somos sodomitas. E eu: todos os homens são sodomitas, todos levam um sodomita na arquitrave da alma, não só nossos pobres compatriotas, e um dos nossos deveres é nos impor a ele, vencê-lo, pô-lo de joelhos. E Farewell: o senhor fala como um chupador de pica. E eu: nunca fiz isso. E Farewell: pode falar em confiança, pode falar em confiança, nem no seminário? E eu: estudava e orava, orava e estudava. E Farewell: pode falar em confiança, em confiança, em confiança. E eu: lia Santo Agostinho, lia São Tomás, estudava a vida de todos os papas. E Farewell: ainda se lembra dessas santas vidas? E eu: gravadas a fogo. E Farewell: quem foi Pio II? E eu: Pio II, chamado Eneas Silvio Piccolomini, nascido nos arredores de Siena e cabeça da Igreja de 1458 a 1464, esteve no concílio de Basileia, secretário do cardeal Capranica, depois a serviço do antipapa Félix V, depois a serviço do imperador Frederico III, depois coroado poeta, quer dizer, escrevia versos, conferencista na Universidade de Viena sobre os poetas da Antiguidade, publicou em 1444 seu romance *Euríalo e Lucrécia*, boccacciano, em 1445, justamente um ano depois de publicar a obra citada, recebeu as ordens sacerdotais, e sua vida mudou, ele fez penitência, reconheceu os erros passados, em 1449 bispo de Siena e em 1456 cardeal, com um único pensamento, empreender uma nova cruzada, em 1458 lançou a bula *Vocavit nos Pius*, em que convocava os indiferentes soberanos à cidade de Mântua, em vão, depois, acabou-se chegando a um acordo e se decidiu empreender uma cruzada que teria três anos de duração, mas todos se mostraram surdos às palavras do papa, até que este assumiu o comando e a todos fez disso saber, Veneza se aliou à Hungria, Skanderberg atacou os turcos, Estêvão, o Grande, foi proclamado *Atleta Christi*, milhares de homens acudiram a Roma vindos de toda a Europa, somente os reis continuaram surdos e indiferentes, depois o papa peregrinou a Assis e a

Ancona, onde a frota veneziana demorou a aparecer, e, quando os barcos de guerra venezianos finalmente apareceram, o papa agonizava, e disse "até hoje, era uma frota o que me faltava, agora eu é que faltarei à frota", depois morreu, e a cruzada morreu com ele. Farewell disse: os escritores sempre fazem cagada. E eu: protegeu Pinturicchio. E Farewell: nem imagino quem seja esse Pinturicchio. E eu: um pintor. E Farewell: isso eu já desconfiava, mas quem foi? E eu: o que pintou os afrescos da catedral de Siena. E Farewell: o senhor já esteve na Itália? E eu: sim. E Farewell: tudo desmorona, tudo o tempo engole, mas são os chilenos que ele engole primeiro. E eu: é verdade. E Farewell: conhece a história de outros papas? E eu: de todos. E Farewell: a de Adriano II? E eu: papa de 867 a 872, dele se conta uma história interessante; quando Lotário II veio à Itália, o papa lhe perguntou se voltara a ter relações com Valdrada, excomungada pelo papa anterior, Nicolau I, então o imperador Lotário avançou trêmulo para o altar de Monte Cassino, onde se deu o encontro, e o papa o esperou diante do altar, e o papa não tremia. E Farewell: algum medo deve ter sentido. E eu: claro. E Farewell: e a história do papa Lando? E eu: pouco se sabe desse papa, salvo que o foi de 913 a 914 e que nomeou bispo de Ravena um protegido de Teodora, que subiu ao trono pontifício depois da morte de Lando. E Farewell: o nome desse papa era bem incomum. E eu: era mesmo. E Farewell: olhe, as sombras chinesas desapareceram. E eu: é verdade, desapareceram. E Farewell: que coisa mais estranha, que terá acontecido? E eu: provavelmente nunca saberemos. E Farewell: não há mais sombras, não há mais velocidade, não há mais essa impressão de estarmos dentro do negativo de uma fotografia, será que sonhamos tudo isso? E eu: provavelmente nunca saberemos. Depois Farewell pagou o jantar, e o acompanhei até a porta da sua casa, onde eu não quis entrar, porque tudo era naufrágio, depois me vi caminhando sozinho pelas ruas de Santiago, pensando em Alexandre III, em Urbano IV, em Bonifácio VIII, enquanto uma brisa fresca acariciava meu rosto procurando me acordar completamente, embora acordar completamente fosse impossível, pois no fundo do cérebro eu ouvia as vozes dos papas, como os piados distantes de um bando de pássaros, sinal inequívoco de que uma parte da minha consciência ainda sonhava ou voluntariamente não queria sair do labirinto dos sonhos, esse campo de Marte onde se esconde o jovem envelhecido e onde se escondem os poetas mortos que então viviam e, da iminência certa do seu esquecimento, erguiam no interior da minha abóbada cranial a miserável cripta dos seus nomes, das suas silhuetas recortadas em cartolina preta, das suas obras demolidas, o que não era o caso do jovem envelhecido, na época apenas um menino do Sul, da fronteira chuvosa e do rio mais caudaloso da pátria, o Bío-Bío temível, o qual, porém, agora às vezes, confundo com a horda dos poetas chilenos e das suas obras, que o tempo impassível demolia então, quando eu me afastava da casa de Farewell pela noite de Santiago, e demole enquanto levanto meu corpo, apoiado num cotovelo, e demolirá quando eu já não estiver aqui, isto é, quando eu já não existir ou só existir minha reputação, minha reputação que se assemelha a um crepúsculo, assim como a reputação de outros parece uma baleia, um morro pelado, um barco, um rastro de fumaça ou uma cidade labiríntica, minha reputação, que parece um crepúsculo, contemplará com as pálpebras apenas entreabertas o ligeiro espasmo do tempo e as demolições, o tempo que se move pelos campos de Marte como uma brisa conjectural e em cujo redemoinho se afogam como figuras de Delville os escritores cujos livros resenhei, os escritores de quem recebi críticas, os agonizantes do Chile e da América cujas vozes pronunciaram meu nome, padre Ibacache, padre Ibacache, pense em nós enquanto o senhor se afasta em passos dançarinos da casa de Farewell, pense em nós enquanto suas passadas internam o senhor na noite inexorável de Santiago, padre Ibacache, padre Ibacache, pense em nossas ambições e em nossos anseios, em nossa surda condição de homens e cidadãos, de compatriotas e escritores, enquanto o senhor penetra nas dobras fantasmagóricas do tempo, esse tempo que só podemos perceber em três dimensões mas na realidade tem quatro ou talvez cinco, como a barbacã da sombra de Sordello, que Sordello?, que nem o próprio sol pode destruir. Bobagens. Eu sei. Tolices. Estultices. Besteiras. Disparates. Despautérios que vêm sem ser chamados (e em tropel) enquanto você adentra a noite do seu destino. Meu destino. Meu Sordello. O começo de uma carreira brilhante. Mas nem tudo foi tão fácil. Com o tempo, até rezar aborrece. Escrevi críticas. Escrevi poemas. Descobri poetas. Elogiei-os. Exorcizei naufrágios. Fui provavelmente o membro do Opus Dei mais liberal da república. Agora o jovem envelhecido me observa de uma esquina amarela e grita para mim. Ouço algumas das suas palavras. Diz que sou do Opus Dei. Nunca escondi isso, disse-lhe. Mas certamente ele também não me ouve. Vejo-o mover a mandíbula e os lábios, e sei que está gritando para mim, mas não ouço suas palavras. Ele me vê sussurrar, apoiado num cotovelo, enquanto minha cama navega pelos meandros da minha febre, mas também não ouve minhas palavras. Gostaria de dizer a ele que assim não vamos a lugar nenhum. Gostaria de dizer a ele que até os poetas do Partido Comunista Chileno morriam de vontade de que eu escrevesse alguma coisa amável sobre seus versos. E eu escrevi coisas amáveis sobre seus versos. Sejamos civilizados, sussurro. Mas ele não me escuta. De vez em quando uma ou outra das suas palavras chega com clareza. Insultos, que mais? Bicha, disse? Opusdeísta, disse? Bicha opusdeísta, disse? Depois minha cama dá um giro, e não o ouço mais. Como é agradável não ouvir nada. Como é agradável parar de se apoiar no cotovelo, nestes pobres ossos cansados, e se estirar na cama, descansar, olhar para o céu cinzento, deixar que a cama navegue governada pelos santos, entrecerrar as pálpebras, não ter memória e só ouvir o latejar do sangue. Mas então meus lábios se articulam, e continuo falando. Nunca escondi que pertenço ao Opus Dei, jovem, digo ao jovem envelhecido, embora já não o veja, embora já não saiba se ele está atrás de mim, ao lado, ou se se perdeu entre os manguezais que circundam o rio. Nunca escondi. Todo mundo sabia. Todos no Chile sabiam. Só o senhor, que por vezes parece mais imbecil do que é, ignorava. Silêncio. O jovem envelhecido não responde. Lá longe, escuto algo, como se um bando de primatas se pusesse a tagarelar, todos ao mesmo tempo, excitadíssimos, e então tiro a mão de sob as cobertas, toco o rio e mudo trabalhosamente o rumo da cama, usando minha mão como remo, movendo os quatro dedos como se se tratasse de um ventilador índio, e, quando a cama gira, a única coisa que vejo é a selva, o rio, os afluentes e o céu, que já não é cinza mas azul-luminoso, e duas nuvens muito pequenas e muito distantes que correm como crianças arrastadas pelo vento. O tagarelar dos macacos se extinguiu. Que alívio. Que silêncio. Que paz. Uma paz propícia para recordar outros céus azuis, outras nuvens diminutas que corriam arrastadas pelo vento de oeste a leste, e a sensação de tédio que produziam no meu espírito. Ruas amarelas e céus azuis. E, à medida que você se aproximava do centro da cidade, as ruas iam perdendo esse amarelo ofensivo para se transformar em ruas cinzentas, ordenadas e aceradas, se bem que eu soubesse que debaixo do cinza, por pouco que se raspasse, achava-se o amarelo. E isso produzia não somente desalento em minha alma mas também tédio, ou talvez o desalento tenha começado a se tornar tédio, qualquer um sabe como é, o fato é que houve uma época de ruas amarelas e de céus azul-luminosos e de tédio profundo em que cessou minha atividade de poeta, melhor dizendo, minha atividade de poeta foi objeto de uma mutação perigosa, pois o que se chama de escrever eu continuava fazendo, mas escrevia poemas repletos de insultos, blasfêmias e coisas piores que tinha o bom senso de destruir mal amanhecia, sem mostrá-los a ninguém, embora então muitos tivessem se sentido honrados com tal distinção, poemas cujo sentido último, ou o que eu julgava ver neles como sentido último, precipitava-me num estado de perplexidade e comoção que durava o dia todo. E esse estado de perplexidade e comoção coexistia com um estado de tédio e abatimento. O tédio e o abatimento eram grandes. A perplexidade e a comoção eram pequenas e viviam incrustadas em algum canto do estado geral de tédio e abatimento. Como uma ferida dentro de outra ferida. Então parei de dar aulas. Parei de rezar missa. Parei de ler o jornal toda manhã e de comentar as notícias com meus irmãos. Parei de escrever com clareza minhas resenhas literárias. (Embora não as tenha interrompido.) Alguns poetas se aproximaram de mim e perguntaram o que estava acontecendo comigo. Alguns sacerdotes se aproximaram de mim e perguntaram o que perturbava meu espírito. Confessei-me e rezei. Mas minha cara de insone me traía. De fato, naqueles dias eu dormia pouquíssimo, às vezes três horas, às vezes duas. De manhã me dedicava a caminhar da casa paroquial aos terrenos baldios, dos terrenos baldios aos povoados, dos povoados ao centro de Santiago. Uma tarde dois meliantes me assaltaram. Não tenho dinheiro, filhos, disse a eles. Claro que tem, padre veado, responderam os assaltantes. Acabei entregando minha carteira e rezando por eles, mas não muito. O tédio que sentia era feroz. O abatimento não ficava atrás. A partir desse dia, porém, meus passeios mudaram de rota. Escolhi bairros menos perigosos, escolhi bairros de onde pudesse contemplar a magnificência da cordilheira, quando nesta cidade ainda era possível contemplar a cordilheira em qualquer temporada, sem que o manto da poluição a ocultasse. Passeava, passeava, às vezes tomava um ônibus e continuava passeando com a cabeça grudada no vidro das janelas, às vezes tomava um táxi e continuava passeando entre o abominável amarelo e o abominável azul-luminoso do meu tédio, do centro à casa paroquial, da casa paroquial a Las Condes, de Las Condes a Providencia, de Providencia à Plaza Italia e ao Parque Florestal, depois de volta ao centro, de volta à casa paroquial, minha batina surrada pelo vento, minha batina, que era como minha sombra, minha bandeira negra, minha música ligeiramente engomada, roupa limpa, escura, poço onde os pecados do Chile afundavam e não saíam mais. Mas tanto revoar era inútil. O tédio não diminuía, pelo contrário, em certos meios-dias ficava insuportável e me enchia a cabeça de ideias disparatadas. Às vezes, tremendo de frio, aproximava-me de um bar e pedia uma Bilz. Sentava num tamborete alto e contemplava com olhos de carneiro degolado as gotas d'água que escorriam na superfície da garrafa, enquanto dentro de mim a voz da ojeriza me preparava para a contemplação improvável de uma gota que, desafiando as leis naturais, *subisse* pela superfície até chegar à boca da garrafa. Então eu fechava os olhos e rezava, ou tentava rezar, enquanto meu corpo era sacudido por calafrios e as crianças e os adolescentes corriam de um lado para o outro da praça de Armas, aguilhoados pelo sol estival, e as risadas em surdina que chegavam de toda parte se convertiam no comentário mais certeiro da minha derrota. Depois bebia uns goles da Bilz gelada e saía para continuar a caminhada. Foi por aqueles dias que conheci o sr. Odem e mais tarde o sr. Oidó. Os dois dirigiam, para um senhor estrangeiro que nunca tive o prazer de conhecer, uma empresa de exportação e importação. Creio que enlatavam *machas*,* que exportavam para a França e para a Alemanha. Encontrei o sr. Odem (ou o sr. Odem encontrou a mim) numa rua amarela. Eu ia morto de frio, e ouvi alguém me chamar. Ao me virar, eu o vi: um homem de meia-idade, estatura normal, nem magro nem esquelético, com uma cara comum onde apenas predominavam um pouco mais os traços indígenas do que os traços europeus, vestindo um terno claro, com um chapéu elegantíssimo, fazendo-me sinal no meio da rua amarela, a não muita distância, enquanto no fundo a terra reverberava em sucessivas placas de vidro ou de plástico superpostas. Nunca o vira antes, mas ele parecia ter me conhecido a vida toda. Disse que quem lhe falara de mim foram o padre García Errázuriz e o padre Muñoz Laguía, os quais eu tinha em alta conta e de cujos favores gozava, e que esses sábios varões haviam me recomendado fervorosamente, sem reservas, para uma delicada missão na Europa, sem dúvida pensando que uma viagem prolongada pelo Velho Continente era a coisa mais indicada para me restituir um pouco da alegria e da energia que eu havia perdido e a olhos vistos continuava perdendo, como uma ferida que não quer cicatrizar e acaba causando a morte, pelo menos a morte moral, de quem a tem. No início me mostrei perplexo e reticente, pois os interesses do sr. Odem não podiam ser mais diferentes dos meus, mas aceitei entrar no seu carro e me deixar levar até um restaurante da rua Banderas, um lugar decadente chamado Mi Oficina, onde o sr. Odem, sem abrir o jogo sobre o que de fato o levara a me procurar, dedicou-se a falar de gente que eu conhecia, entre eles Farewell e vários poetas da nova lírica chilena que eu frequentava na época, numa tentativa de me fazer saber que ele estava a par de mais de um aspecto do meu mundo, não somente

* Espécie de amêijoa, típica dos mares do Chile e do Peru. (N. T.)

o eclesiástico mas também o das afinidades eletivas, e até o do trabalho, pois também citou o redator-chefe do jornal em que eu publicava minhas crônicas. Era evidente, contudo, que conhecia a todos de maneira superficial. Depois o sr. Odem trocou algumas palavras com o dono do Mi Oficina, e logo em seguida saímos apressadamente do restaurante, sem que de modo algum se esclarecesse o motivo da retirada, e passeamos de braços dados pelas ruas das vizinhanças até chegar a outro restaurante, este muito menor e menos lúgubre, onde o sr. Odem foi recebido quase como se fosse o dono e onde comemos até nos fartar, sem nos importar com o calor que fazia lá fora e certamente não recomendava a ingestão de tantos e tão variados petiscos. O café, ele insistiu que tomássemos no Haití, que é um bar infecto onde se junta toda a gentinha que trabalha no centro de Santiago, subgerentes, subdelegados, vice-administradores, vice-diretores, e onde, ainda por cima, consideram de bom gosto beber em pé, encostados no balcão ou espalhados pela amplitude do lugar, que é grande e na minha memória tem nas laterais duas grandes vidraças, as quais vão do teto quase até o chão, de tal modo que os que estão em pé lá dentro, com suas xícaras de café numa das mãos e suas pastas e maletas deslustradas na outra, servem de espetáculo para os transeuntes, a quem é humanamente impossível passar pelo estabelecimento mencionado sem olhar, nem que com o rabo do olho, para a massa de homens que se amontoam ali dentro, numa lendária falta de comodidade. Foi para esse antro que me vi arrastado, eu, um homem que já tinha de certo modo um nome, que na verdade tinha dois nomes, e renome, alguns inimigos e muitos amigos, e, embora tenha querido protestar, negar-me, o sr. Odem sabia ser persuasivo quando queria. Enquanto esperava, amuado num canto e sem poder tirar os olhos das vidraças do Haití, que meu anfitrião voltasse do balcão com dois cafés fumegantes, os melhores de Santiago segundo o populacho, pus-me a pensar no tipo de negócio que o já citado cavalheiro queria me propor. Depois o sr. Odem retornou, ficou a meu lado, e nos pusemos a tomar, em pé, o café. Lembro que falou. Falou e sorriu, mas não consegui ouvir nada, já que as vozes dos vice-secretários troavam no recinto do Haití sem deixar espaço para uma só voz a mais. Poderia ter me inclinado, posto o ouvido junto dos lábios do meu interlocutor, como faziam os demais fregueses, mas preferi me abster. Fingi entender e deixei meu olhar vagar pelo local carente de assentos. Alguns homens me retribuíram o olhar. No semblante de alguns julguei descobrir uma dor imensa. Os porcos também sofrem, disse comigo mesmo. Ato contínuo, arrependi-me desse pensamento. Os porcos sofrem, sim, e sua dor os enobrece e purifica. Uma lanterna se acendeu dentro da minha cabeça ou talvez dentro da minha piedade: os porcos também eram um cântico à glória do Senhor, se não um cântico, o que provavelmente era exagero, pelo menos um cantarolar, uma cantilena, uma trova que celebrava todas as coisas vivas. Tentei discernir alguma conversa. Foi impossível. Só ouvi palavras isoladas, o tom chileno, palavras que nada significavam mas continham em si mesmas a platitude e o desespero infinito dos meus compatriotas. Depois o sr. Odem me pegou pelo braço, e, sem saber como, vi-me outra vez na rua, andando ao lado dele. Vou lhe apresentar meu sócio, o sr. Oidó, disse. Meus ouvidos zumbiam. Tive a impressão de que escutava pela primeira vez. Andamos por uma rua amarela. Não havia muita gente, mas, de vez em quando, nas entradas dos prédios se escondia algum homem de óculos escuros, alguma mulher de lenço na cabeça. O escritório de importação e exportação ficava no quarto andar. O elevador não funcionava. Um pouco de exercício não vai nos fazer mal, é bom para a digestão, opinou o sr. Odem. Segui-o. Na recepção não havia ninguém. A secretária saiu para almoçar, disse o sr. Odem. Fiquei calado, espiando, enquanto meu mecenas dava umas pancadinhas com a segunda falange do dedo médio nos vidros foscos da sala do sócio. Uma voz estridente mandou entrar. Entremos, disse-me o sr. Odem. O sr. Oidó estava sentado atrás de uma mesa metálica e, ao ouvir meu nome, levantou, contornou a mesa e me cumprimentou efusivamente. Era magro e louro, de pele pálida, avermelhada nos pômulos, como se de tempos em tempos fizesse fricções com lavanda. Mas não recendia a lavanda. Convidou-nos a sentar e, depois de me examinar de cima a baixo, voltou ao seu lugar atrás da mesa. Sou o sr. Oidó, disse-me então, Oidó, e não Oído.* Claro, disse eu. O senhor é o padre Urrutia Lacroix. O próprio, disse eu. A meu lado, o sr. Odem sorria e assentia silenciosamente. Urrutia é um sobrenome de origem basca, não é? Exatamente, disse eu. Lacroix é francês, claro. O sr. Odem e eu assentimos em uníssono. Sabe de onde vem Oidó? Não tenho a menor ideia, disse eu. Arrisque um lugar, disse ele. Da Albânia? Frio, frio, disse ele. Não tenho a menor ideia, disse eu. Da Finlândia, disse ele. É um nome metade finlandês metade lituano. Certamente, disse o sr. Odem. Numa época já remota os lituanos e os finlandeses comerciavam bastante entre si, e para eles o mar Báltico era uma espécie de ponte, de rio, de riacho, um riacho atravessado por incontáveis pontes negras, procure imaginar. Imagino, disse eu. O sr. Oidó sorriu. Imagina? Sim, imagino. Pontes negras, sim, senhor, murmurou o sr. Odem a meu lado. E pequenos finlandeses e pequenos lituanos atravessando-as incessantemente, disse o sr. Oidó. De dia e de noite. À luz da lua ou à luz de humildes tochas. Sem enxergar nada, de memória. Sem sentir o frio que naquelas latitudes penetra até o tutano, sem sentir nada, simplesmente vivos e em

---

* *Oído*, "ouvido". (N. T.)

movimento. Inclusive sem se sentirem vivos: em movimento, acoplados à rotina de atravessar o Báltico numa ou noutra direção. Uma coisa natural. Uma coisa natural? Assenti mais uma vez. O sr. Odem puxou um maço de cigarros. O sr. Oidó explicou que fazia uns dez anos que parara de fumar para sempre. Recusei o cigarro que o sr. Odem me oferecia. Perguntei em que consistia o trabalho que queriam me propor. É mais que um trabalho, é uma bolsa, disse o sr. Oidó. Nós nos dedicamos aos negócios de importação e exportação, mas também lidamos com outros quesitos, disse o sr. Odem. Concretamente, agora estamos trabalhando para a Casa de Estudos do Arcebispado. Se eles têm um problema, nós procuramos a pessoa adequada para solucioná-lo, disse o sr. Oidó. Se eles precisam de alguém que realize um estudo, arranjamos a pessoa indicada. Atendemos a uma necessidade, escrutamos soluções. E eu sou a pessoa indicada?, perguntei. Ninguém reúne tantos requisitos quanto o senhor, padre, disse o sr. Oidó. Gostaria que me explicassem de que se trata, disse a eles. O sr. Odem olhou para mim de modo estranho. Antes que protestasse, eu lhe disse que gostaria de tornar a ouvir a proposta, mas dessa vez da boca do sr. Oidó. Este não se fez de rogado. A Casa de Estudos do Arcebispado queria que alguém preparasse um trabalho sobre conservação de igrejas. No Chile, como não podia deixar de ser, ninguém sabia nada sobre esse assunto. Na Europa, pelo contrário, as pesquisas estavam muito avançadas, e em certos casos já se falava de soluções definitivas para frear a deterioração das casas de Deus. Meu trabalho consistiria em ir lá, visitar as igrejas de referência em matéria de soluções antidesgaste, cotejar os distintos sistemas, escrever um relatório e voltar. Quanto tempo? Podia passar um ano percorrendo diversos países europeus. Se no fim de um ano meu trabalho não estivesse concluído, o prazo poderia ser prorrogado para até um ano e meio. Pagariam todo mês

63

meu salário completo, mais uma ajuda de custo correspondente aos gastos extras que teria na Europa. Podia dormir em hotéis e nos albergues paroquiais espalhados por toda a geografia do Velho Continente. Claro, o trabalho parecia ter sido pensado ex professo para mim. Aceitei. Nos dias seguintes vi com frequência o sr. Oidó e o sr. Odem, que se encarregaram dos papéis necessários para minha estada na Europa. Mas não posso dizer que tenha estreitado laços com eles. Eram eficientes, disso logo me dei conta, mas careciam de sutileza. Também não sabiam nada de literatura, salvo dois dos primeiros poemas de Neruda, que podiam e costumavam recitar de cor. Mas sabiam solucionar problemas de ordem administrativa que me pareciam insolúveis, e trataram de aplanar o caminho para meu novo destino. À medida que se aproximava o dia da minha partida, fui ficando cada vez mais nervoso. Preenchi o tempo me despedindo dos amigos, que não acreditavam em tanta sorte. Cheguei a um acordo com o jornal para continuar mandando da Europa minhas resenhas e crônicas literárias. Uma manhã me despedi da minha já idosa mãe e tomei o trem para Valparaíso, onde embarquei no *Donizetti*, navio de bandeira italiana que fazia a rota Gênova-Valparaíso-Gênova. A viagem foi lenta e reparadora, e nela não faltaram amizades, que duram até hoje, se bem que em sua faceta mais inconsistente e educada, isto é, no envio pontual de cartões de boas-festas. Fizemos escalas em Arica, onde fotografei, do convés, nosso heróico morro, em El Callao, em Guayaquil (ao passar a linha do equador, tive o prazer de oficiar uma missa para todos os passageiros), em Buenaventura, onde li, à noite, o navio ancorado no meio das estrelas, o *Noturno* de José Asunción Silva, uma pequena homenagem às letras colombianas que foi aplaudida sem reservas, até mesmo pela oficialidade italiana, a qual não entendia nada de espanhol mas soube apreciar a profunda musicalidade do verbo do vate suicida, no Panamá, cintura da América, em Cristóbal e em Colón, cidade dividida onde uns moleques tentaram em vão me roubar, em Maracaibo, trabalhadora e com cheiro de petróleo, depois cruzamos o oceano Atlântico, onde oficiei, a pedido geral, outra missa para todos os passageiros e onde tivemos três dias de tormenta, mar revolto, e muita gente quis se confessar, depois fizemos escala em Lisboa, onde desci e rezei na primeira igreja do porto, depois o *Donizetti* atracou em Málaga e em Barcelona, e numa manhã de inverno finalmente chegamos a Gênova, onde me despedi dos meus novos amigos e oficiei uma missa para alguns deles na sala de leitura do navio, uma sala com assoalho de carvalho, paredes de teca, um grande lustre de cristal no teto e poltronas macias em que eu havia passado tantas horas de felicidade, imerso na leitura dos clássicos gregos, dos clássicos latinos e dos contemporâneos chilenos, recuperada por fim minha alegria de leitor, recuperado meu instinto, totalmente curado, enquanto o navio sulcava o mar, os crepúsculos marinhos, a noite atlântica insondável, e eu lia comodamente sentado naquela sala de madeiras nobres, cheiro de mar e de alcoóis fortes, cheiro de livros e de solidão, depois minhas jornadas felizes se prolongaram até horas em que ninguém mais ousava passear pelos conveses do *Donizetti*, salvo as sombras pecadoras que tomavam o cuidado de não me interromper, o cuidado de não interferir nas minhas leituras, a felicidade, a felicidade, a alegria recuperada, o sentido real da oração, minhas preces que se elevavam até varar as nuvens, ali onde só existe música, aquilo a que chamamos o coro dos anjos, um espaço não humano mas sem dúvida nenhuma o único espaço que podemos habitar, ainda que conjecturalmente, nós, humanos, um espaço inabitável mas o único espaço que vale a pena habitar, um espaço onde deixaremos de ser mas o único espaço onde podemos ser o que na verdade somos, depois pisei em terra firme, terra italiana, dei adeus ao *Donizetti* e me internei nos caminhos da Europa, decidido a fazer um bom trabalho, com o espírito leve, cheio de confiança, determinação e fé. A primeira igreja que visitei foi a de Santa Maria da Dor Perpétua, em Pistoia. Esperava encontrar um velho pároco, mas grande foi minha surpresa ao ser recebido por um sacerdote que ainda não tinha completado trinta anos. Padre Pietro, era esse seu nome, explicou-me que o sr. Odem lhe escrevera uma missiva avisando da minha chegada e que em Pistoia não era a poluição ambiental o maior agente destruidor dos grandes monumentos românicos ou góticos, mas a poluição animal, mais concretamente as cagadas das pombas, cuja população, em Pistoia como em muitas outras cidades e povoados europeus, tinha se multiplicado geometricamente. Para acabar com aquilo havia uma solução infalível, arma em etapa experimental que ele me mostrou no dia seguinte. Lembro que naquela noite dormi num quarto anexo à sacristia, e meu sono foi marcado por despertares repentinos em que eu não sabia se estava no navio ou no Chile e, se estava no Chile, vamos supor, tampouco sabia se estava na casa da minha família, na casa do colégio ou na casa de um amigo, embora por momentos me desse conta de que estava no quarto anexo a uma sacristia europeia, tampouco sabia com exatidão em que país da Europa se encontrava esse quarto e o que eu fazia ali. De manhã fui acordado por uma empregada da paróquia. Chamava-se Antonia e me disse: padre, dom Pietro está esperando o senhor, venha logo ou vai provocar sua ira. Mal fiz minhas abluções, vesti a batina e saí ao pátio da casa paroquial, lá estava o jovem padre Pietro, vestindo uma batina mais reluzente que a minha, a mão esquerda metida numa grossa luva de couro e metal, e no ar, no quadrado de céu que se erguia entre as paredes cor de ouro, distingui a sombra de uma ave, e, quando me viu, padre Pietro disse: subamos ao campanário, e eu, sem dizer nada, segui seus passos, e subimos até a torre do campanário, ambos concentrados numa tarefa silenciosa e esforçada, e, quando chegamos ao campanário, padre Pietro assobiou e agitou os braços, e a sombra do céu desceu no campanário e pousou na luva que o italiano usava na mão esquerda, e então, sem que ninguém me explicasse, entendi que a ave escura que sobrevoava a igreja de Santa Maria da Dor Perpétua era um falcão, que padre Pietro tinha se tornado um mestre de falcoaria e que aquele era o recurso empregado na erradicação de pombas da velha igreja, depois olhei, daquelas alturas, a escada que conduzia ao átrio e à praça de lajotas junto da igreja, de cor magenta, e, apesar de ter olhado bem, não vi uma só pomba. De tarde, padre Pietro me levou a outro lugar de Pistoia. Ali não havia edifícios eclesiásticos, nem monumentos civis, nem nada que fosse preciso defender da passagem do tempo. Fomos na camionete da paróquia. Numa caixa ia o falcão. Quando chegamos ao nosso destino, padre Pietro tirou o falcão da caixa e o lançou ao céu. Vi-o voar e cair sobre uma pomba, e vi a pomba estremecer em pleno voo. Abriu-se uma janela de um edifício da assistência social, e uma velha gritou alguma coisa e nos ameaçou com o punho cerrado. Padre Pietro achou graça. Nossas batinas ondulavam ao vento. Voltando, disse que o falcão se chamava Turco. Depois peguei o trem e cheguei a Turim, onde fui ver o padre Angelo, da igreja de São Paulo do Socorro, também douto nas artes da volataria. Seu falcão se chamava Otelo e aterrorizava as pombas de toda Turim, embora não fosse o único falcão da cidade, conforme me confessou padre Angelo, que tinha motivos sólidos para desconfiar que em algum bairro desconhecido de Turim, provavelmente na zona sul, vivia outro falcão e que Otelo havia por vezes cruzado com o outro em suas viagens aéreas. Os dois rapaces caçavam pombas e, em princípio, não tinham por que

67

temer um ao outro, mas padre Angelo pensava que não estava longe o dia do enfrentamento dos dois falcões. Permaneci mais dias em Turim do que em Pistoia. Depois tomei o trem noturno com destino a Estrasburgo. Lá padre Joseph tinha um falcão chamado Xenofonte, o rapace era de um negro azulado, e às vezes padre Joseph dizia a missa com o falcão pousado na parte mais alta do órgão, sobre um tubo dourado, e eu, que às vezes ajoelhava ouvindo a palavra do Senhor, sentia na nuca o olhar do falcão, seus olhos fixos, e me distraía, pensava em Bernanos e em Mauriac, que padre Joseph lia incessantemente, pensava também em Graham Greene, que só eu lia, padre Joseph não, porque os franceses só leem os franceses, se bem que sobre Greene falamos uma vez até tarde e não chegamos a um consenso. Também falamos sobre Burson, sacerdote e mártir no Magreb, sobre cuja vida e apostolado Vuillamin tinha escrito um livro que padre Joseph me emprestou, e também sobre o *abbé* Pierre, um padreco mendigo que agradava a padre Joseph nos domingos e desagradava nas segundas. Depois parti de Estrasburgo e fui para Avignon, à igreja de Nossa Senhora do Meio-Dia, onde era pároco o padre Fabrice, cujo falcão se chamava Ta Gueule e era conhecido nos arredores por sua voracidade e ferocidade, e com padre Fabrice tive tardes inesquecíveis, enquanto Ta Gueule voava e já não desfazia somente bandos de pombas mas também de estorninhos, que naqueles dias distantes e felizes abundavam em terras provençais, as terras que percorreu Sordel, Sordello, que Sordello?, e Ta Gueule se punha a voar e se perdia entre as nuvens baixas, as nuvens que baixavam das colinas manchadas e ao mesmo tempo puras de Avignon, e, enquanto padre Fabrice e eu conversávamos, de repente Ta Gueule tornava a aparecer como um raio ou como a abstração mental de um raio para cair sobre os enormes bandos de estorninhos que apareciam pelo oeste como enxames de moscas, enegrecendo o céu com sua revoada errática, e após alguns minutos a revoada dos estorninhos se ensanguentava, se fragmentava e se ensanguentava, e então o entardecer dos arredores de Avignon se tingia de um vermelho intenso, como o vermelho dos crepúsculos que você vê da janela de um avião, ou o vermelho dos amanheceres, quando você acorda suavemente com o ruído dos motores assobiando nos ouvidos, corre a cortininha do avião e distingue no horizonte uma linha vermelha como uma veia, a femoral do planeta, a aorta do planeta, que pouco a pouco vai inchando, essa veia de sangue, foi a que vi nos céus de Avignon, o voo ensanguentado dos estorninhos, os movimentos como de paleta de pintor expressionista abstrato de Ta Gueule, ah, a paz, a harmonia da natureza que em nenhum lugar é tão evidente nem tão explícita como em Avignon, depois padre Fabrice assobiava, e esperávamos um tempo indefinível, medido unicamente pelas batidas do nosso coração, até nosso trêmulo falcão pousar no seu braço. Depois peguei o trem, parti de Avignon com grande tristeza e cheguei a terras de Espanha, e claro que o primeiro lugar em que me apresentei foi Pamplona, onde se cuidava das igrejas com outros métodos que não me interessavam, ou simplesmente não se cuidava delas, mas eu tinha de cumprimentar os irmãos da Obra, que me apresentaram aos editores da Obra, a diretores de colégio da Obra, ao reitor da Universidade, que também pertencia à Obra, e todos se mostraram interessados no meu trabalho de crítico de literatura, no meu trabalho de poeta e no meu trabalho de docente, e me propuseram publicar um livro, são assim generosos os espanhóis, e formais também, tanto que no dia seguinte assinei um contrato, depois me entregaram uma carta endereçada a mim, escrita pelo sr. Odem, na qual ele me perguntava que tal a Europa, que tal o clima, a comida, os monumentos históricos, uma carta ridícula que, porém, parecia encobrir outra carta, ilegível, mais séria, que despertou em mim grande preocupação, apesar de eu não saber o que dizia a carta criptografada nem ter plena segurança de que realmente existia, entre as palavras da carta ridícula, uma carta criptografada. Depois parti de Pamplona, não sem antes receber abraços, recomendações e todo tipo de despedidas amistosas, e cheguei a Burgos, onde me esperava o padre Antonio, um padre velhinho que tinha um falcão chamado Rodrigo que não caçava pombas, em parte porque a idade de padre Antonio não lhe permitia acompanhar seu açor nas caçadas, em parte porque ao entusiasmo inicial do pároco se seguiu um período de dúvidas acerca da conveniência de se desfazer por métodos tão expeditos daquelas aves que, apesar das suas cagadas, também eram criaturas de Deus. De modo que, quando cheguei a Burgos, o falcão só comia carne picada ou moída e vísceras, que padre Antonio ou sua criada compravam no mercado, fígado, coração, cabeça, pescoço, e a inatividade o havia reduzido a um estado lamentável, similar em decrepitude ao de padre Antonio, cujas bochechas estavam mordidas pelas dúvidas e pelo arrependimento fora de hora, que é o pior dos arrependimentos, e, quando cheguei a Burgos, padre Antonio jazia em seu leito, um catre de cura pobre, coberto por uma manta de pano grosseiro, num quarto grande, de pedra, e o falcão estava num canto, tiritando de frio, de carapuça, sem o menor indício da elegância que eu tinha visto em terras de Itália e de França, um pobre falcão e um pobre cura consumindo-se ambos, e padre Antonio me viu e tratou de levantar apoiando-se num cotovelo, como eu faria anos mais tarde, tempos mais tarde, dois ou três minutos mais tarde, ante a aparição repentina do jovem envelhecido, e vi o cotovelo e o braço de padre Antonio, magro como uma coxa de galinha, e padre Antonio me disse que tinha pensado, pensei, ele disse, que talvez não fosse uma boa ideia esta, dos falcões, porque, embora preservem as igrejas do efeito corrosivo e, a longo prazo, destruidor das cagadas das pombas, não havia que esquecer que as pombas eram como o símbolo terreno do Espírito Santo, não é?, e que a Igreja católica podia prescindir do Filho e do Pai mas não do Espírito Santo, muito mais importante do que toda a freguesia imaginava, mais que o Filho, que morreu na cruz, e mais que o Pai, criador das estrelas, da terra e de todo o universo, e então eu toquei com a ponta das mãos a testa e as têmporas do cura burgalês, e imediatamente percebi que ele estava com pelo menos quarenta graus de febre, chamei sua empregada e mandei que fosse buscar um médico, e, enquanto esperava o médico aparecer, distraí-me contemplando o falcão, que parecia morrer de frio em seu atril, de carapuça, e não me pareceu bom que ficasse assim, de modo que, depois de cobrir padre Antonio com outra manta que encontrei na sacristia, procurei a luva, peguei o falcão, fui ao pátio, contemplei a noite cristalina e fria, tirei a carapuça do falcão e lhe disse: voe, Rodrigo, e Rodrigo empreendeu o voo à terceira ordem, e o vi se elevar com uma força cada vez maior, suas asas produziram um ruído de hélices metálicas e me pareceram enormes, então soprou um vento como que ciclônico, o falcão se inclinou em seu voo vertical, minha batina levantou como uma bandeira pletórica de fúria, e lembro que gritei então mais uma vez voe, Rodrigo, depois ouvi um voo plural e insano, e as pregas da batina cobriram meus olhos enquanto o vento limpava a igreja e seus arredores, e, quando consegui tirar do rosto minha carapuça particular, distingui, vultos informes no solo, os corpinhos ensanguentados de várias pombas, que o falcão havia depositado aos meus pés ou num raio à minha volta de não mais de dez metros, antes de desaparecer, pois o fato é que naquela noite Rodrigo desapareceu nos céus de Burgos, onde dizem que há outros falcões que se alimentam de passarinhos, e talvez a culpa tenha sido minha, pois eu deveria ter ficado no pátio da igreja chamando-o, e então o rapace talvez houvesse voltado, mas uma campainha soava insistentemente nas profundezas da igreja, e eu soube, quando por fim pude ouvi-la, que se tratava do médico e da criada, e abandonei meu posto e fui abrir, e, quando voltei ao pátio, o falcão não estava mais lá. Naquela noite padre Antonio morreu, eu abençoei sua alma e cuidei das coisas práticas até o dia seguinte, quando chegou outro padre. O novo padre não deu pela falta de Rodrigo. A criada, talvez sim, e olhou para mim como que dizendo que ela não tinha nada a ver com isso. Talvez tenha pensado que eu havia soltado o falcão depois da morte de padre Antonio, ou talvez tenha pensado que eu havia matado o falcão seguindo as instruções de padre Antonio. Em todo caso não disse nada. No dia seguinte, fui embora de Burgos e estive em Madri, onde não se preocupavam com a deterioração das igrejas mas tratei de outros problemas. Depois peguei o trem e viajei para Namur, na Bélgica, onde o padre Charles, da igreja de Nossa Senhora dos Bosques, tinha um falcão chamado Ronnie, fiz boa amizade com padre Charles, com quem costumava sair de bicicleta para passear pelos bosques que circundavam a cidade, provido cada um de uma cesta onde levávamos frios e sempre uma garrafa de vinho, e uma tarde até me confessei com padre Charles à margem de um rio, afluente de um rio maior, entre a relva, as flores silvestres e as grandes azinheiras, mas não falei nada de padre Antonio nem do seu falcão Rodrigo, que eu tinha perdido naquela noite diamantina e irremediável de Burgos. Depois peguei o trem, despedi-me do esplêndido padre Charles e rumei para Saint-Quentin, na França, onde me aguardava o padre Paul, da igreja de São Pedro e São Paulo, uma pequena joia gótica, e aconteceu comigo, com padre Paul e seu falcão Febre uma coisa divertida e curiosa, pois uma manhã saímos para limpar o céu de pombas, mas não havia pombas, para desgosto do meu anfitrião, que era jovem e estava orgulhoso do seu animal, considerado por ele o melhor dos rapaces, e a praça da igreja de São Pedro e São Paulo ficava perto da praça da Prefeitura, onde ouvíamos um murmúrio que não agradava a padre Paul, e lá estávamos ele, eu e Febre esperando a hora, quando de repente vimos uma pomba alçar voo por cima dos telhados vermelhos que circundavam a praça, e padre Paul soltou seu falcão, e este instantaneamente deu conta da pomba que provinha da praça da Prefeitura e parecia rumar para a torre maior da pequena e belíssima igreja de São Pedro e São Paulo, a pomba caiu fulminada por Febre, então se ergueu um murmúrio estupefato na praça da Prefeitura de Saint-Quentin, e padre Paul e eu, em vez de fugirmos, deixamos para trás a praça da igreja e dirigimos nossos passos para a praça da Prefeitura, e lá estava a pomba, que era branca, ensanguentada agora nas pedras da rua, havia muita gente à sua volta, inclusive o prefeito de Saint-Quentin e uma numerosa representação de esportistas, e só então compreendemos que a pomba que Febre eliminara era o símbolo de uma manifestação atlética, que os atletas estavam indignados ou compungidos, assim como as senhoras da sociedade de Saint-Quentin, madrinhas da corrida, que tinham tido a ideia de iniciá-la com o voo de uma pomba, e também estavam indignados os comunistas de Saint-Quentin, que haviam apoiado a ideia das principais senhoras do lugar, se bem que para eles aquela pomba agora morta e antes viva e voadora não era a pomba da concórdia nem da paz no esforço esportivo, mas a pomba de Picasso, uma ave de dupla intenção, em poucas palavras todas as forças vivas estavam indignadas, menos as crianças, que procuravam maravilhadas a sombra de Febre no céu e se aproximaram de padre Paul para lhe perguntar detalhes pseudotécnicos ou pseudocientíficos sobre sua portentosa ave, e padre Paul, com um sorriso nos lábios, pediu perdão aos presentes, mexeu as mãos como dizendo desculpem, errar, todo mundo erra, depois tratou de satisfazer as crianças com respostas às vezes exageradas mas sempre cristãs. Depois fui para Paris, onde permaneci cerca de um mês escrevendo poesia, frequentando museus e bibliotecas, visitando igrejas que me enchiam os olhos de lágrimas, de tão bonitas que eram, esboçando nas horas vagas meu relatório sobre a proteção de monumentos de interesse nacional, com especial ênfase no uso de falcões, mandando para o Chile minhas crônicas literárias e resenhas, lendo livros que me mandavam de Santiago, comendo e passeando. De vez em quando, e sem quê nem pra quê, o sr. Odem me mandava uma cartinha. Uma vez por semana eu ia à embaixada chilena, onde costumava ler os jornais da pátria e conversar com o adido cultural, um sujeito simpático, muito chileno, muito cristão, não muito culto, que aprendia francês fazendo as palavras cruzadas do *Le Figaro*. Depois viajei para a Alemanha, percorri a Baviera, estive na Áustria, na Suíça. Voltei à Espanha. Percorri a Andaluzia. Não gostei muito. Estive novamente em Navarra. Esplêndida. Viajei por terras galegas. Estive em Astúrias e nas Vascongadas. Peguei um trem com destino à Itália. Fui a Roma. Ajoelhei diante do Santo Padre. Chorei. Tive sonhos inquietantes. Via mulheres rasgando as roupas. Via padre Antonio, o cura de Burgos, que, antes de morrer, abria um olho e me dizia: a coisa está feia, meu amigo. Via um bando de falcões, milhares de falcões voando a grande altura por cima do oceano Atlântico, rumo à América. Às vezes o sol se enegrecia nos meus sonhos. Outras vezes aparecia um padre alemão, muito obeso, e me contava uma piada. Dizia: padre Lacroix, vou lhe contar uma piada. O papa estava com um teólogo alemão, conversando tranquilamente num dos cômodos do Vaticano. De repente aparecem dois arqueólogos franceses, muito excitados e nervosos, e dizem ao Santo Padre que acabam de voltar de Israel e que trazem duas notícias, uma muito boa e a outra bem ruim. O papa suplica que falem logo de uma vez, que não o deixem aflito. Os franceses, atropelando-se, dizem que a boa notícia é que encontraram o Santo Sepulcro. O Santo Sepulcro?, diz o papa. O Santo Sepulcro. Sem sombra de dúvida. O papa chora de emoção. Qual é a má notícia?, pergunta, enxugando as lágrimas. Que no interior do Santo Sepulcro encontramos o cadáver de Jesus Cristo. O papa desmaia. Os franceses correm para reanimá-lo. O teólogo alemão, que é o único tranquilo, diz: ah, mas então Jesus Cristo existiu mesmo? Sordel, Sordello, esse Sordello, o mestre Sordello. Um dia decidi que era hora de retornar ao Chile. Voltei de avião. A situação na pátria não era boa. Você não deve sonhar, mas ser consequente, dizia comigo mesmo. Você não deve se perder em busca de uma quimera, mas ser patriota, dizia comigo mesmo. No Chile as coisas não iam bem. Para mim as coisas iam bem, mas para a pátria não iam bem. Não sou um nacionalista exacerbado, mas sinto um amor autêntico pelo meu país. Chile, Chile. Como pudeste mudar tanto?, perguntava às vezes, debruçado na minha janela aberta, olhando a reverberação de Santiago na distância. Que fizeram contigo? Os chilenos enlouqueceram? De quem é a culpa? E outras vezes, enquanto caminhava pelos corredores do colégio ou pelos corredores do jornal, dizia: até quando pensas continuar assim, Chile? Será que vais te transformar em outra coisa? Num monstro que ninguém mais reconhecerá? Depois vieram as eleições, e Allende ganhou. E eu me aproximei do espelho do meu quarto e quis formular a pergunta crucial, a que tinha reservado para esse momento, e a pergunta se negou a sair dos meus lábios exangues. Não havia quem aguentasse aquilo. Na noite do triunfo de Allende saí e fui a pé até a casa de Farewell. Ele mesmo abriu a porta. Como estava envelhecido. Naquela época, Farewell devia beirar os oitenta anos, talvez mais, e já não me tocava na cintura nem nos quadris quando nos víamos. Entre, Sebastián, disse. Segui-o até a sala. Farewell dava uns telefonemas. A primeira pessoa para quem ligou foi Neruda. Não conseguiu falar com ele. Depois ligou para Nicanor Parra. A mesma coisa. Deixei-me cair numa poltrona e cobri o rosto com as mãos. Ainda ouvi como Farewell discava os números de quatro ou cinco outros poetas, sem resultado. Servimo-nos de uns drinques. Sugeri que ligasse, se isso o tranquilizava, para alguns poetas católicos que nós dois conhecíamos. Esses são os piores, disse Farewell, devem estar todos na rua, comemorando o triunfo de Allende. Passadas algumas horas, Farewell adormeceu numa poltrona. Quis levá-lo para a cama, mas ele pesava muito e o deixei ali. Quando voltei para casa, pus-me a ler os gregos. Seja o que Deus quiser, disse comigo mesmo. Vou reler os gregos. Comecei com Homero, como manda a tradição, e continuei com Tales de Mileto, Xenófanes de Colofonte, Alcméon de Crotona, Zenão de Eleia (como era bom), depois mataram um general do Exército favorável a Allende, o Chile restabeleceu relações diplomáticas com Cuba, o censo demográfico nacional registrou um total de oito milhões, oitocentos e oitenta e quatro mil setecentos e sessenta e oito chilenos, a televisão começou a transmitir a novela *O direito de nascer,* li Tirteu de Esparta, Arquíloco de Paros, Sólon de Atenas, Hiponacte de Éfeso, Estesícoro de Hímera, Safo de Mitilene, Píndaro de Tebas (um dos meus favoritos), e o governo nacionalizou o cobre, depois o salitre e o ferro, Pablo Neruda recebeu o prêmio Nobel, Díaz Casanova, o Prêmio Nacional de Literatura, Fidel Castro visitou o país, e muitos acharam que ia ficar vivendo aqui para sempre, mataram o ex-ministro da Democracia Cristã Pérez Zujovic, Lafourcade publicou *Palomita blanca,* fiz uma boa crítica, quase uma glosa triunfal, embora no fundo eu soubesse que era um romancinho que não valia nada, organizou-se a primeira marcha das panelas contra Allende, li Ésquilo, Sófocles, Eurípides, todas as tragédias, e Alceu de Mitilene, Esopo, Hesíodo, Heródoto (que é mais um titã do que um homem), no Chile houve escassez, inflação, mercado negro, filas compridas para conseguir comida, a Reforma Agrária expropriou a fazenda de Farewell e muitas outras fazendas, criaram a Secretaria Nacional da Mulher, Allende visitou o México e a Assembleia das Nações Unidas em Nova York, houve atentados, li Tucídides, as longas guerras de Tucídides, os rios e as planícies, os ventos e as mesetas que cruzam as páginas obscurecidas pelo tempo, os homens de Tucídides, os homens armados de Tucídides e os homens desarmados, os que apanham a uva e os que escrutam de uma montanha o horizonte distante, esse horizonte onde eu estava confundido com milhões de seres, à espera de nascer, esse horizonte que Tucídides escrutou e onde eu tremia, também reli Demóstenes, Menandro, Aristóteles e Platão (que sempre é proveitoso), houve greves, um coronel do regimento blindado tentou dar um golpe, um cinegrafista morreu filmando sua própria morte, depois mataram o ajudante de ordens naval de Allende, houve distúrbios, palavras grosseiras, os chilenos blasfemaram, picharam as paredes, depois quase meio milhão de pessoas desfilaram numa grande marcha de apoio a Allende, depois veio o golpe de Estado, o levante, o *pronunciamiento* militar, bombardearam La Moneda, e, quando terminou o bombardeio, o presidente se suicidou e tudo acabou. Então eu fiquei quieto, com um dedo na página que estava lendo, e pensei: que paz. Levantei, fui à janela: que silêncio. O céu estava azul, um azul profundo e limpo, marcado aqui e ali por algumas nuvens. Ao longe vi um helicóptero. Sem fechar a janela, ajoelhei e rezei, pelo Chile, por todos os chilenos, pelos mortos e pelos vivos. Depois telefonei para Farewell. Como se sente?, perguntei. Estou pulando de felicidade, respondeu. Os dias que se seguiram foram estranhos, era como se todos nós houvéssemos acordado de repente de um sonho para a vida real, embora por vezes a sensação fosse diametralmente oposta, como se de repente todos estivéssemos sonhando. Nosso dia a dia se desenrolava de acordo com esses parâmetros anormais: nos sonhos tudo pode acontecer, e você *aceita* que tudo aconteça. Os movimentos são diferentes. Nós nos movemos como gazelas ou como o tigre sonha com as gazelas. Nós nos movemos como numa pintura de Vassarely. Nós nos movemos como se não tivéssemos sombra e como se esse fato atroz não nos importasse. Falamos. Comemos. Mas na realidade estamos tentando não pensar que falamos, não pensar que comemos. Uma noite fiquei sabendo que Neruda tinha morrido. Telefonei para Farewell. Pablo morreu, disse. De câncer, de câncer, disse Farewell. Sim, de câncer, disse eu. Vamos ao enterro? Eu vou, disse Farewell. Vou com o senhor, disse eu. Quando desliguei o telefone, pareceu-me uma conversa sonhada. No dia seguinte fomos ao cemitério. Farewell estava muito elegante. Parecia um navio fantasma, mas estava muito elegante. Vão devolver minha fazenda, disse-me ao pé do ouvido. O cortejo fúnebre era numeroso, e, à medida que caminhávamos, foi se juntando mais gente. Que rapaziada bem-comportada, disse Farewell. Controle-se, disse eu. Olhei para o rosto dele: Farewell ia piscando o olho para uns desconhecidos. Eram jovens e pareciam mal-humorados, mas me pareceram surgidos de um sonho em que o mau humor e o bom humor eram apenas acidentes metafísicos. Ouvi alguém, atrás de nós, reconhecer Farewell e dizer é Farewell, o crítico. Palavras que saíam de um sonho e entravam em outro sonho. Depois alguém se pôs a gritar. Um histérico. Outros histéricos fizeram coro ao estribilho. Que ordinarices são essas?, perguntou Farewell. Uns mal-educados, respondi, não se preocupe, estamos chegando ao cemitério. E onde vai Pablo?, perguntou Farewell. Ali adiante, no caixão, disse eu. Não seja idiota, disse Farewell, ainda não sou um velho gagá. Desculpe, disse eu. Está desculpado, disse Farewell. Pena que os enterros não sejam mais como antes, disse Farewell. É verdade, disse eu. Com panegíricos e despedidas de todo tipo, disse Farewell. À francesa, disse eu. Eu teria escrito um discurso precioso a Pablo, disse Farewell, e se pôs a chorar. Devemos estar sonhando, pensei. Ao sairmos do cemitério, de braço dado, vi um sujeito dormindo encostado num túmulo. Um tremor percorreu minha coluna vertebral. Os dias que se seguiram foram bastante calmos, e eu estava cansado de ler tantos gregos. Assim, voltei a frequentar a literatura chilena. Tentei escrever um poema. No início só saíam iambos. Depois não sei o que aconteceu comigo. De angelical, minha poesia se tornou demoníaca. Senti-me tentado, em muitos entardeceres, a mostrar meus versos ao meu confessor, mas não o fiz. Escrevia sobre mulheres que eu humilhava impiedosamente, escrevia sobre invertidos, sobre crianças perdidas em estações de trem abandonadas. Minha poesia sempre tinha sido, para dizê-lo numa palavra, apolínea, e o que agora saía de mim era muito mais, para tentar nomeá-lo de alguma maneira, dionisíaco. Mas na realidade não era poesia dionisíaca. Nem demoníaca. Era raivosa. Que me haviam feito aquelas pobres mulheres que apareciam nos meus versos? Porventura alguma tinha me enganado? Que me haviam feito aqueles pobres invertidos? Nada. Nada. Nem as mulheres nem os bichas. Muito menos, por Deus, as crianças. Por que, então, apareciam aquelas desventuradas crianças emolduradas naquelas paisagens corruptas? Seria alguma delas eu mesmo? Seriam os filhos que eu nunca ia ter? Será que eram os filhos perdidos de outros seres perdidos que eu nunca conheceria? Mas por que então tanta raiva? Minha vida cotidiana, entretanto, era tranquilíssima. Falava a meia-voz, nunca me irritava, era pontual e metódico. Toda noite rezava e conciliava o sono sem problemas. Às vezes tinha pesadelos, mas naqueles dias, uns mais, outros menos, todo mundo sofria um pesadelo de vez em quando. De manhã, apesar de tudo, eu acordava descansado, com ânimo para enfrentar as tarefas do dia. Uma manhã, justamente, disseram-me que tinha visitas esperando na sala. Terminei de me lavar e desci. Vi o sr. Odem sentado num banco de madeira apenso à parede. Em pé, estudando um quadro de um pintor autodenominado expressionista (se bem que na realidade se tratasse de um impressionista), estava o sr. Oidó, com as mãos cruzadas nas costas. Quando me viram, ambos sorriram como se sorri a um velho amigo. Convidei-os para o café da manhã. Surpreendentemente disseram que já fazia tempo que tinham tomado o café da manhã, embora o relógio de parede marcasse apenas oito horas e alguns minutos. Aceitaram tomar um chá comigo, só para acompanhar. Meu café da manhã não consiste em muito mais que isso, disse-lhes, só um chá, torradas com manteiga e geleia, e um suco de laranja. Um café da manhã equilibrado, disse o sr. Odem. O sr. Oidó não disse nada. A empregada serviu o café da manhã, por meu desejo expresso, no jardim de inverno da casa, com vista para o jardim e para as árvores que tapam em parte os muros do colégio vizinho. Somos portadores de uma proposta muito delicada, disse o sr. Odem. Assenti com a cabeça e não disse nada. O sr. Oidó pegara uma das minhas torradas e passava manteiga nela. Algo que exige a máxima reserva, disse o sr. Odem, principalmente agora, nesta situação. Eu disse que sim, claro, que compreendia. O sr. Oidó deu uma mordida na torrada e contemplou as três enormes araucárias que se erguiam catedralescas no parque e eram o orgulho do colégio. O senhor sabe, padre Urrutia, como são os chilenos, sempre tão enxeridos, digo isso sem má intenção, que fique bem claro, mas são enxeridos como quê. Eu não disse nada. O sr. Oidó acabou a torrada com três mordidas e começou a passar manteiga em outra. Que quero lhe dizer com isso?, perguntou-se retoricamente o sr. Odem. Que o assunto que nos trouxe aqui requer reserva absoluta. Eu disse que sim, que compreendia. O sr. Oidó se serviu de mais chá e, com um estalo do polegar e do dedo médio, chamou a empregada, para que trouxesse um pouco de leite. Que é que o senhor compreende?, perguntou o sr. Odem, com um sorriso franco e amistoso. Que exigem de minha parte a mais absoluta discrição, disse eu. Mais que isso, disse o sr. Odem, muito mais, discrição superabsoluta, discrição e reserva extraordinariamente absoluta. Teria gostado de corrigi-lo, mas não o fiz, pois desejava saber o que é que ele pretendia de mim. O senhor sabe algo de marxismo?, perguntou o sr. Oidó, depois de limpar os lábios com o guardanapo. Algo, sim, mas por motivos estritamente intelectuais, respondi. Quer dizer, não há ninguém mais distante dessa doutrina do que eu, o que qualquer um pode confirmar. Mas sabe ou não sabe? Apenas o necessário, disse eu, cada vez mais nervoso. Há livros de marxismo na sua biblioteca?, perguntou o sr. Oidó. Meu Deus, a biblioteca não é minha, a biblioteca é da nossa comunidade, suponho que deve haver algum, mas só para consultas, para fundamentar algum trabalho filosófico tendente a negar, justamente, o marxismo. Mas o senhor, padre Urrutia, tem sua biblioteca própria, quer dizer, sua biblioteca pessoal e privada, alguns livros aqui, no colégio, outros em sua casa, na casa da sua mãe, ou estou enganado? Não, não está enganado, murmurei. E na sua biblioteca privada há ou não há livros de marxismo?, perguntou o sr. Oidó. Por favor, responda sim ou não, suplicou o sr. Odem. Sim, disse eu. Nesse caso, pode-se afirmar que o senhor sabe algo ou mais que algo de marxismo?, perguntou o sr. Oidó, cravando-me fixamente seu olhar escrutador. Olhei para o sr. Odem buscando ajuda. Ele me fez, com

81

os olhos, um sinal que não entendi: podia ser um sinal de acatamento ou um sinal de cumplicidade. Não sei o que dizer, disse eu. Diga algo, disse o sr. Odem. Os senhores me conhecem, não sou marxista, disse. Mas conhece ou não conhece, digamos, as bases do marxismo?, perguntou o sr. Oidó. Isso qualquer um sabe, disse eu. Ou seja, não é muito difícil aprender marxismo, disse o sr. Oidó. Não, não é muito difícil, disse eu, tremendo da cabeça aos pés e experimentando a sensação mais forte que nunca de coisa sonhada. O sr. Odem me deu uma palmadinha na perna. O gesto foi carinhoso, mas quase dei um salto. Se não é difícil aprender, também não deve ser difícil ensinar, disse o sr. Oidó. Guardei silêncio até compreender que esperavam uma palavra minha. Não, disse, não deve ser muito difícil ensinar. Mas nunca ensinei, esclareci. Pois agora tem uma oportunidade, disse o sr. Oidó. É um serviço à pátria, disse o sr. Odem. Um serviço que deve ser prestado na penumbra e na mudez, longe do fulgor das medalhas, acrescentou. Falando às claras, um serviço que deve ser levado a cabo com a boca fechada, disse o sr. Oidó. De bico calado, disse o sr. Odem. Lábios selados, disse o sr. Oidó. Silencioso como um túmulo, disse o sr. Odem. Nada de sair por aí se gabando disto ou daquilo, se é que me entende, um modelo de discrição, disse o sr. Oidó. E em que consiste esse trabalho tão delicado?, perguntei. Em dar umas aulas de marxismo, não muitas, o suficiente para que certos cavalheiros a quem todos os chilenos querem muito bem tenham uma ideia do que se trata, disse o sr. Odem, aproximando a cabeça da minha e me despejando no nariz um bafo de esgoto. Não pude evitar de franzir o cenho. Meu gesto de desagrado fez o sr. Odem sorrir. Não quebre a cabeça, disse ele, o senhor nunca adivinharia de quem estamos falando. E se eu aceitar, quando começariam as aulas?, porque o fato é que agora estou com muitíssimo trabalho acumulado, disse eu. Não se faça de rogado conosco, disse o sr. Oidó, é um trabalho que ninguém pode recusar. Que ninguém ia querer recusar, disse o sr. Odem, conciliador. Considerei que o perigo havia passado e que era hora de me mostrar duro. Quem são meus alunos?, perguntei. O general Pinochet, disse o sr. Oidó. Engoli em seco. E quem mais? O general Leigh, o almirante Merino e o general Mendoza, ora, quem mais poderia ser?, disse, baixando a voz, o sr. Odem. Preciso me preparar, disse eu, não é uma coisa que possa ser feita de improviso. As aulas têm de começar dentro de uma semana, acha que dá tempo? Disse que sim, que o ideal teriam sido duas semanas mas com uma eu me arranjaria. Depois o sr. Odem falou dos meus honorários. É um serviço à pátria, disse, mas você também precisa comer. Provavelmente lhe dei razão. Não lembro o que mais nos dissemos. A semana transcorreu imersa na mesma atmosfera de sono tranquilo das semanas precedentes. Certa tarde, quando saí da redação do jornal, um automóvel me esperava. Fomos ao colégio buscar minhas notas, depois o carro se perdeu na noite de Santiago. A meu lado, no banco traseiro, ia um coronel, o coronel Pérez Larouche, que se encarregou de me entregar um envelope, o qual eu não quis abrir, e voltou a insistir no que haviam me pedido os srs. Odem e Oidó: discrição absoluta em tudo o que dizia respeito ao meu novo trabalho. Garanti-lhe que podia contar com ela. Então não se fala mais nisso, e aproveitemos a viagem, disse o coronel Pérez Larouche, enquanto me oferecia um copo de uísque, que recusei. É por causa do hábito?, perguntou. Só nesse momento me dei conta de que, ao chegar ao colégio, tinha trocado o terno com que fora ao jornal pelo hábito de sacerdote. Neguei com a cabeça. Pérez Larouche disse que conhecia vários padres bons de copo. Disse-lhe que me parecia improvável que no Chile houvesse alguém, padre ou não, bom de copo. Aqui somos, isso sim, ruins de copo. Como eu esperava,

Pérez Larouche não se mostrou de acordo. Enquanto eu o ouvia sem escutar, pus-me a pensar nos motivos que tinham me levado a mudar de roupa. Será que pretendia aparecer, eu também, de uniforme diante de meus ilustres alunos? Será que temia alguma coisa e a batina era minha trincheira diante de um perigo certo e indiscernível? Quis abrir as cortinas que velavam as janelas do carro, mas não pude. Uma vara metálica tornava impossível corrê-las. É uma medida de segurança, disse Pérez Larouche, que não parava de enumerar vinhos chilenos e bêbados chilenos inacessíveis ao desalento, como se estivesse recitando, sem saber e independentemente da sua vontade, um poema destrambelhado de Pablo de Rokha. Depois o carro entrou num parque e parou diante de uma casa que tinha acesa apenas a luz da porta principal. Segui Pérez Larouche. Ele se deu conta de que eu procurava com o olhar os soldados da guarda e explicou que guarda boa é aquela que não se vê. Mas tem guarda?, perguntei. Claro, e todos com o dedo no gatilho. Alegra-me saber, disse. Entramos numa sala cujos móveis e paredes eram de um branco ofuscante. Sente-se, disse Pérez Larouche, o que quer tomar? Um chá, sugeri. Um chá, excelente, disse Pérez Larouche, e saiu do cômodo. Fiquei sozinho, em pé. Tinha certeza de que me filmavam. Dois espelhos, em molduras de madeira folheadas a ouro, eram perfeitos para esse fim. Ao longe ouvi vozes, gente que discutia ou ria de uma piada. Depois, outra vez o silêncio. Ouvi passos e uma porta se abrindo: um criado vestido de branco, com uma bandeja de prata, serviu-me uma xícara de chá. Agradeci. Murmurou algo que não entendi e desapareceu. Ao pôr açúcar no chá, vi meu rosto refletido na superfície. Quem te viu, quem te vê, Sebastián, disse comigo mesmo. Tive vontade de atirar a xícara numa das paredes impolutas, tive vontade de sentar com a xícara entre os joelhos e chorar, tive vontade de ficar pequeno, mergulhar na infusão quente e nadar até o fundo, onde descansavam como grandes pedras de diamante os grãos de açúcar. Permaneci hierático, inexpressivo. Fiz cara de tédio. Mexi a xícara e provei o chá. Bom. Bom chá. Bom para os nervos. Depois ouvi passos no corredor, não no corredor por onde eu havia chegado, mas noutro, que desembocava numa porta diante de mim. A porta se abriu, e entraram os ajudantes de ordens ou os auxiliares, todos fardados, depois um grupo de assistentes ou de oficiais jovens, depois fez sua aparição a Junta de Governo em peso. Levantei. De viés, vi-me refletido num espelho. As fardas brilhavam, ora como cartões coloridos, ora como um bosque em movimento. Minha batina negra, mais que ampla, pareceu absorver num segundo toda a gama de cores. Naquela noite, a primeira, falamos de Marx e Engels. Das primeiras obras de Marx e Engels. Depois comentamos o *Manifesto do Partido Comunista* e a *Mensagem do comitê central à Liga dos Comunistas*. Como leitura, deixei-lhes o *Manifesto* e *Os conceitos elementares do materialismo histórico*, da nossa compatriota Marta Harnecker. Na segunda aula, uma semana depois, falamos das *Lutas de classes na França de 1848 a 1850* e do *Dezoito brumário de Luís Bonaparte*, e o almirante Merino perguntou se eu conhecia pessoalmente Marta Harnecker e o que pensava dela. Respondi que não a conhecia pessoalmente, que era discípula de Althusser (ele ignorava quem era Althusser; esclareci) e que havia estudado na França, como muitos chilenos. É boa moça? Creio que sim, disse eu. Na terceira aula voltamos ao *Manifesto*. Para o general Leigh, tratava-se de um texto primitivo em estado puro. Não especificou mais. Achei que debochava de mim, mas não demorei a descobrir que falava sério. Tenho de pensar nisso, disse comigo mesmo. O general Pinochet parecia muito cansado. Diferentemente do que ocorrera nas duas ocasiões anteriores, vestia farda. Passou a aula toda caído numa poltrona, tomando notas de vez em quando, sem tirar os óculos escuros. Durante alguns minutos creio que adormeceu, firmemente aferrado à sua lapiseira. À quarta aula só assistiram o general Pinochet e o general Mendoza. Diante da minha indecisão, o general Pinochet ordenou que continuássemos como se os outros dois estivessem ali, e de maneira simbólica estavam mesmo, porque em meio ao resto dos participantes reconheci um capitão da Marinha e um general da Força Aérea. Falei-lhes d'*O capital* (tinha preparado um resumo de três páginas) e d'*A guerra civil na França*. O general Mendoza não fez nenhuma pergunta ao longo de toda a aula, limitando-se a tomar notas. Na escrivaninha havia vários exemplares d'*Os conceitos elementares do materialismo histórico*, e, ao terminar a aula, o general Pinochet disse aos presentes que pegassem um e levassem. Piscou o olho para mim e se despediu com um aperto de mão. Nunca me parecera tão caloroso como dessa vez. Na quinta aula falei de *Salário, preço e lucro* e voltei ao *Manifesto*. Passada uma hora, o general Mendoza dormia profundamente. Não se preocupe, disse-me o general Pinochet, venha comigo. Segui-o até uma porta-janela de onde se abarcava o parque posterior da casa. Uma lua redonda cintilava na superfície regular de uma piscina. Abriu a janela. Atrás de nós ouvi as vozes em surdina dos generais falando de Marta Harnecker. Dos canteiros de flores provinha um aroma delicioso que se difundia por todo o parque. Um passarinho cantou, e, ato contínuo, do mesmo parque ou de um jardim vizinho, outro passarinho da mesma espécie respondeu, depois ouvi um bater de asas que pareceu rasgar a noite, e, em seguida, voltou, incólume, o silêncio profundo. Vamos dar uma volta, disse o general. Como se ele fosse um mago, mal franqueamos a porta-janela e entramos naquele jardim encantado, acenderam-se as luzes do parque, luzes disseminadas aqui e ali com um gosto requintado. Falei então da *Origem da família, da pro-*

priedade privada e do Estado, escrita apenas por Engels, e a cada explicação minha o general assentia, de quando em quando fazia perguntas pertinentes, às vezes nós dois nos calávamos e admirávamos a lua, que vagava solitária pelo espaço infinito. Talvez tenha sido essa visão que me levou a ter a audácia de lhe perguntar se conhecia Leopardi. Disse que não. Perguntou quem era. Paramos. À porta-janela, os outros generais contemplavam a noite. Um poeta italiano do século XIX, disse-lhe. Esta lua, disse-lhe, se me permite o atrevimento, meu general, faz-me evocar dois poemas dele, *O infinito* e *Canto noturno de um pastor errante da Ásia*. O general Pinochet não expressou o mais ínfimo interesse. Recitei, enquanto caminhava a seu lado, os versos d'*O infinito*, que sabia de cor. Boa poesia, disse. Na sexta aula voltamos a estar todos: o general Leigh deu a impressão de ser um aluno muito adiantado, o almirante Merino era antes de mais nada uma pessoa cordial e de conversa refinada, o general Mendoza, como de hábito, permaneceu em silêncio e se aplicou em tomar notas. Falamos de Marta Harnecker. O general Leigh disse que essa senhora tinha amizade íntima com uns cubanos. O almirante confirmou a informação. É possível?, perguntou o general Pinochet. Pode ser possível uma coisa dessas? Estamos falando de uma mulher ou de uma cadela? A informação está correta? Está, disse Leigh. Tive então a ideia de um poema sobre uma mulher perdida, cujos primeiros versos e cuja ideia básica memorizei aquela noite enquanto falava d'*Os conceitos elementares do materialismo histórico* e voltava a insistir em alguns pontos do *Manifesto* que eles não conseguiam entender completamente. Na sétima aula falei de Lenin, Trotsky e Stalin, e das várias e antagônicas tendências do marxismo no planeta. Falei de Mao, de Tito, de Fidel Castro. Todos (se bem que o general Mendoza estivesse ausente na sétima aula) tinham lido ou estavam lendo *Os conceitos elementares do mate-*

rialismo histórico, e, quando a aula começou a esfriar, voltamos a falar de Marta Harnecker. Lembro também que falamos das virtudes militares de Mao. O general Pinochet disse então que quem tinha talento como militar não era Mao mas outro chinês, cujos nomes e sobrenomes impronunciáveis ele citou e eu, claro, não retive. O general Leigh disse que Marta Harnecker provavelmente trabalhava para a Segurança de Estado cubana. Está correta a informação? Está. Durante a oitava aula voltei a falar de Lenin, e estudamos o *Que fazer?*, depois repassamos o *Livro vermelho* de Mao (que Pinochet achou muito banal, muito simples), depois voltamos a falar d'*Os conceitos elementares do materialismo histórico*, de Marta Harnecker. Na nona aula fiz perguntas relacionadas a este último livro. As respostas foram, em geral, satisfatórias. A décima aula foi a última. Só estava presente o general Pinochet. Falamos de religião, e não de política. Quando me despedi, deu-me um presente em seu nome e no dos outros membros da Junta. Não sei por quê, eu tinha pensado que a despedida ia ser mais emotiva. Não foi. Foi uma despedida de certo modo fria, corretíssima, condicionada aos imperativos de um homem de Estado. Perguntei se as aulas haviam sido de alguma utilidade. Claro, disse o general. Perguntei se estivera à altura do que se esperava de mim. Vá com a consciência tranquila, garantiu-me, seu trabalho foi perfeito. O coronel Pérez Larouche me acompanhou até em casa. Quando cheguei, às duas da manhã, depois de atravessar as ruas vazias de Santiago, a geometria do toque de recolher, não consegui dormir, nem soube o que fazer. Pus-me a andar pelo quarto enquanto uma maré crescente de imagens e de vozes inundava meu cérebro. Dez aulas, dizia comigo mesmo. Na realidade, só nove. Nove aulas. Nove lições. Pouca bibliografia. Terei trabalhado bem? Terão aprendido alguma coisa? Terei ensinado algo? Fiz o que era para fazer? Fiz o que devia fazer? O marxismo é um humanismo? É uma teoria demoníaca? Se contasse aos meus amigos escritores o que havia feito, teria sua aprovação? Alguns manifestariam uma rejeição absoluta ao que eu havia feito? Alguns compreenderiam e perdoariam? Sabe um homem, *sempre*, o que está certo e o que está errado? A certa altura das minhas reflexões me pus a chorar desconsoladamente, estirado na cama, pondo a culpa das minhas desgraças (intelectuais) nos srs. Odem e Oidó, que foram os que me introduziram naquela empreitada. Depois, sem notar, adormeci. Naquela semana comi com Farewell. Já não podia aguentar o peso, talvez fosse mais adequado dizer o movimento, as oscilações, às vezes pendulares, às vezes circulares, da minha consciência, a bruma fosforescente, mas de uma fosforescência apagada, como do pântano na hora do ângelus, em que minha lucidez se movia, arrastando-me consigo. Assim, enquanto tomávamos o aperitivo, eu falei. Contei-lhe, apesar das admoestações de extrema reserva que me fizera o coronel Pérez Larouche, minha estranha aventura como professor daqueles ilustres e secretos alunos. E Farewell, que até então parecia pairar numa apatia monossilábica a que sua idade o levava com frequência cada vez maior, foi todo ouvidos e me rogou que lhe contasse a história completa, sem omitir nada. E foi o que fiz, contei a forma como haviam me contatado, a casa em Las Condes onde dei minhas aulas, a resposta positiva dos meus alunos, receptivos como quê, o interesse deles, que não diminuía embora algumas aulas tenham sido a altas horas da noite, a remuneração recebida por minha tarefa, e outras miudezas que agora não vem ao caso sequer recordar. Então Farewell olhou para mim estreitando os olhos, como se de repente não me conhecesse, ou descobrisse no meu rosto outro rosto, ou experimentasse um amargo acesso de inveja de minha inédita situação nas esferas do poder, e me perguntou, com uma voz que adivinhei contida, como se só fosse capaz, por enquanto, de fazer a metade da pergunta, como era o general Pinochet. Encolhi os ombros, como costumam fazer os personagens de romance e nunca os seres humanos reais. Farewell disse: algo tem de ter esse cavalheiro que o faça excepcional. Voltei a encolher os ombros. Farewell disse: pense um pouco, Sebastián, com o mesmo tom de voz que empregaria para dizer pense um pouco, padreco de merda. Encolhi os ombros e fingi que pensava. E os olhos de Farewell, achinesados, continuavam tentando perfurar meus olhos com uma ferocidade senil. Lembrei-me então da primeira vez que falei com o general, numa solidão relativa, antes da segunda ou da terceira aula, minutos antes, quando eu estava com minha xícara de chá nos joelhos e o general, de farda, imponente e soberano, aproximou-se de mim e perguntou se eu sabia o que Allende lia. Pus a xícara de chá na bandeja e levantei. O general disse sente-se, padre. Ou talvez não tenha dito nada e só tenha feito com a mão o gesto para que me sentasse. Depois disse algo que aludia à aula iminente, algo que aludia a um corredor de altas paredes, algo que aludia a um tropel de alunos. E eu sorri beatificamente e assenti. Então o general me fez a pergunta, se eu sabia o que Allende lia, se achava que Allende era um intelectual. E eu não soube, apanhado de surpresa, o que responder, disse a Farewell. O general me disse: todo mundo agora o apresenta como um mártir e como um intelectual, porque os mártires pura e simplesmente já não interessam muito, não é mesmo? Inclinei a cabeça e sorri beatificamente. Mas não era um intelectual, a não ser que existam os intelectuais que não leem e não estudam, disse o general, o que o senhor acha? Encolhi os ombros como um pássaro ferido. Não existem, disse o general. Um intelectual tem de ler e estudar, ou não é um intelectual, disso até os mais idiotas sabem. Que o senhor acha que Allende lia? Meneei levemente a ca-

90

beça e sorri. Revistas. Só lia revistas. Resumos de livros. Artigos que seus sequazes recortavam. Sei de boa fonte, acredite. Eu sempre desconfiei disso, sussurrei. Pois suas desconfianças eram completamente fundadas. E o que o senhor acha que Frei lia? Não sei, meu general, murmurei, já com mais confiança. Nada. Não lia nada. Não lia nem mesmo a Bíblia. Que o senhor, como sacerdote, acha disso? Não tenho opinião definida a esse respeito, meu general, balbuciei. Creio que um dos fundadores da Democracia Cristã pelo menos poderia ler a Bíblia, não?, disse o general. É possível, murmurei. Faço-lhe essa observação sem nenhuma censura, digamos que constato, é um fato, e eu o constato, não tiro conclusões, ainda não, pelo menos, não é verdade? É verdade, disse eu. E Alessandri? O senhor já pensou alguma vez nos livros que Alessandri lia? Não, meu general, sussurrei sorridente. Pois lia romances de amor! O presidente Alessandri lia romances de amor, imagine só. Que lhe parece? Incrível, meu general. Claro que, em se tratando de Alessandri, é, digamos, natural; não, natural não, lógico, é bastante lógico que suas leituras se orientassem nesse sentido. Está me acompanhando? Não, não estou, meu general, disse eu, com cara de sofrimento. Bem, o pobre Alessandri, disse o general Pinochet, e me encarou fixamente. Ah, claro, disse eu. Agora me acompanha? Acompanho, meu general, disse eu. O senhor se lembra de algum artigo de Alessandri, alguma coisa que ele próprio tenha escrito, e não um dos seus assessores? Creio que não, meu general, murmurei. Claro que não, porque ele nunca escreveu nada. O mesmo se pode dizer de Frei e de Allende. Nem liam, nem escreviam. Fingiam ser homens cultos, mas nenhum dos três lia nem escrevia. Não eram homens de livros, no máximo homens de imprensa. De fato, meu general, visto assim, disse eu, sorrindo beatificamente. Então o general me disse: quantos livros o senhor acha que eu escrevi? Fiquei gelado, disse a Farewell. Não tenho a menor ideia. Três ou quatro, disse Farewell com segurança. Em todo caso, eu não sabia. Tive de admitir. Três, disse o general. O que acontece é que sempre publiquei por editoras pouco conhecidas ou por editoras especializadas. Mas tome seu chá, padre, vai esfriar. Que notícia surpreendente, que ótima notícia, disse eu. Bem, são livros militares, de história militar, de geopolítica, assuntos que não interessam a nenhum leigo na matéria. É fantástico, três livros, disse eu, com a voz trêmula. E um sem-número de artigos que publiquei até em revistas americanas, traduzidos em inglês, claro. Gostaria muito de ler um dos seus livros, meu general, sussurrei. Vá à Biblioteca Nacional, estão todos lá. Conto fazê-lo amanhã mesmo, sem falta, disse eu. O general pareceu não me ouvir. Ninguém me ajudou, escrevi sozinho, três livros, um deles bem grosso, sem ajuda de ninguém, queimando as pestanas eu mesmo. Depois disse: um sem-número de artigos, de todo tipo, sempre, isso sim, restritos à família militar. Por um instante ambos permanecemos em silêncio, embora o tempo todo eu assentisse com a cabeça, como se o convidasse a continuar falando. Por que acha que lhe contei isso?, disse de repente. Encolhi os ombros, sorri beatificamente. Para desfazer qualquer equívoco, afirmou. Para que o senhor saiba que eu me interesso pela leitura, leio livros de história, leio livros de teoria política, leio até romances. O último foi *Palomita blanca*, de Lafourcade, um romance de índole francamente juvenil, mas li porque não desdenho estar atualizado e me agradou. O senhor leu? Sim, meu general, respondi. E o que achou? Excelente, meu general, publiquei uma crítica sobre ele e elogiei bastante, respondi. Bom, também não é para tanto, disse Pinochet. É verdade, disse eu. Tornamos a ficar em silêncio. De repente o general pôs a mão no meu joelho, disse a Farewell. Senti calafrios. Uma maré de mãos velou por um segundo meu entendimento. Por que o senhor acha que quero aprender os rudimentos básicos do marxismo?, perguntou. Para prestar um serviço melhor à pátria, meu general. Exatamente, para compreender os inimigos do Chile, para saber como pensam, para imaginar até onde estão dispostos a ir. Eu sei até onde estou disposto a ir, garanto-lhe. Mas também quero saber até onde eles estão dispostos a ir. Além do mais, estudar não me mete medo. Sempre é preciso estar preparado para aprender algo novo a cada dia. Leio e escrevo. Constantemente. Isso não é coisa que se possa dizer de Allende, de Frei ou de Alessandri, não é mesmo? Assenti três vezes com a cabeça. Com isso quero lhe dizer, padre, que o senhor não vai perder seu tempo comigo e que eu não vou perder meu tempo com o senhor. Correto? Corretíssimo, meu general, disse eu. Quando terminei de relatar essa história, os olhos de Farewell, entrecerrados como armadilhas de urso quebradas ou destroçadas pelo tempo, pelas chuvas, pelo frio glacial, ainda me fixavam. E tive a impressão de que o grande crítico das letras chilenas do século XX havia morrido. Farewell, sussurrei, fiz bem ou fiz mal? Como não obtive resposta, tornei a fazer a mesma pergunta: agi corretamente ou me excedi? E Farewell respondeu com outra pergunta: foi uma atuação necessária ou desnecessária? Necessária, necessária, necessária, disse eu. Isso pareceu bastar a ele e, momentaneamente, também a mim. Depois continuamos comendo e continuamos conversando. A certa altura da nossa conversa eu disse a ele: nem uma palavra a ninguém do que lhe contei. Isso é ponto pacífico, disse Farewell. Dir-se-ia que com o mesmo tom do coronel Pérez Larouche. Um tom distinto do que haviam empregado dias antes os srs. Odem e Oidó, que afinal de contas não eram cavalheiros. Mas na semana seguinte a história começou a correr como rastilho de pólvora por toda Santiago. O padre Ibacache deu aulas de marxismo à Junta. Quando soube, gelei. Vi Farewell, quero dizer, imaginei-o com tanta clareza como se o houvesse estado vigiando, sentado em sua poltrona favorita, ou em sua cadeira do clube, ou na sala de alguma das velhotas cuja amizade ele cultivava havia lustros, balbuciando, meio gagá, perante um auditório composto de generais da reserva que agora se dedicavam aos negócios, de sodomitas vestidos à inglesa, de senhoras de sobrenomes ilustres, as quais não demorariam a morrer, minha história como professor particular da Junta. E esses sodomitas, e essas velhotas agonizantes, e até os generais da reserva convertidos em conselheiros de empresas não demoraram a contá-la a outros, e estes outros a outros, e a outros, e a outros. Claro, Farewell negou ser o motor, ou a espoleta, ou o fósforo que dera início ao falatório, e eu não me vi com força nem com vontade de culpá-lo. De modo que sentei diante do telefone e esperei os telefonemas dos amigos e dos ex-amigos, os telefonemas de Oidó, Odem e Pérez Larouche, recriminando minha indiscrição, os telefonemas anônimos dos ressentidos, os telefonemas das autoridades eclesiásticas interessadas em saber quanto havia de verdade e quanto de mentira no boato que corria, sem falar nos cenáculos culturais de Santiago, mas ninguém telefonou. A princípio atribuí esse silêncio a uma atitude de repulsa geral por minha pessoa. Depois, com estupor, dei-me conta de que ninguém dava a mínima para a história. As figuras hieráticas que povoavam a pátria se dirigiam, impassíveis, para um horizonte cinzento e desconhecido em que mal se vislumbravam raios distantes, relâmpagos, nuvens de fumaça. Que havia lá? Não sabíamos. Nenhum Sordello. Isso sim. Nenhum Guido. Árvores verdes, não. Trotes de cavalo, não. Nenhuma discussão, nenhuma investigação. Nós nos dirigíamos, quem sabe, para nossas almas ou para as almas penadas dos nossos antepassados, para a planície interminável que os méritos próprios e alheios tinham estendido diante dos nossos olhos remelentos ou chorosos, exangues ou ultrajados. De modo que chegava até a ser natural que ninguém desse importância para minhas aulas de introdução ao marxismo. Todos, mais cedo ou mais tarde, iam voltar a compartilhar o poder. Direita, centro, esquerda, todos da mesma família. Problemas éticos, alguns. Problemas estéticos, nenhum. Hoje governa um socialista, e vivemos exatamente da mesma maneira. Os comunistas (que vivem como se o Muro não houvesse caído), os democratas cristãos, os socialistas, a direita e os militares. Ou ao contrário. Posso dizer isso ao contrário! A ordem dos fatores não altera o produto! Nenhum problema! Só um pouco de febre! Só três atos de loucura! Só um surto psicótico excessivamente prolongado! Pude voltar a sair à rua, pude voltar a telefonar para meus conhecidos, e ninguém me disse nada. Naqueles anos de aço e silêncio, ao contrário, muitos elogiaram minha obstinação em continuar publicando resenhas e críticas. Muitos elogiaram minha poesia! Mais de um se aproximou de mim para me pedir um favor! E eu fui pródigo em recomendações, favores, dados profissionais sem importância que, no entanto, os interessados me agradeciam como se eu lhes houvesse garantido a salvação eterna! Afinal de contas, todos éramos razoáveis (menos o jovem envelhecido, que naqueles dias sabe-se lá por onde vagabundeava, em que buraco tinha se metido), todos éramos chilenos, todos éramos gente comum, discreta, lógica, moderada, prudente, sensata, todos sabíamos que era preciso fazer alguma coisa, que havia coisas que eram *necessárias*, uma época de sacrifícios e outra de sadia reflexão. Às vezes, à noite, com a luz apagada, eu ficava sentado numa cadeira e me perguntava em voz baixa qual era a diferença entre fascista e faccioso. Somente duas palavras. Nada mais que duas palavras. Às vezes uma, porém com maior frequência duas! Assim, saí à rua e respirei o ar de Santiago com o vago convencimento de estar, se não no melhor dos mundos, pelo menos num mundo *possível*, num mundo *real*, e publiquei um livro de poemas que até a mim pareceram estranhos, quer dizer, estranhos por terem saído da minha pena, estranhos por serem meus, mas eu os publiquei como uma contribuição à liberdade, minha liberdade e a dos leitores, depois voltei às minhas aulas e conferências, e publiquei outro livro na Espanha, em Pamplona, e chegou minha hora de passear pelos aeroportos do mundo, entre elegantes europeus e graves americanos (que, além do mais, pareciam cansados), entre os homens mais bem-vestidos da Itália, Alemanha, França e Inglaterra, cavalheiros que dava gosto ver, e eu passava por ali, com minha batina esvoaçando pelo ar condicionado ou pelas portas automáticas, que se abriam de repente, sem causa lógica, como se pressentissem a presença de Deus, e todos diziam, ao ver minha humilde batina ao vento, ali vai o padre Sebastián, o padre Urrutia, incansável, esse chileno resplandecente, depois voltei ao Chile, porque sempre volto, senão não seria esse *chileno resplandecente*, e continuei com minhas resenhas no jornal, com minhas críticas que pediam aos gritos, mal o leitor distraído raspasse um pouco sua superfície, uma atitude diferente ante a cultura, minhas críticas que pediam aos gritos, até suplicavam, a leitura dos gregos e dos latinos, a leitura dos provençais, a leitura do *dolce stil novo*, a leitura dos clássicos de Espanha, França e Inglaterra, mais cultura!, mais cultura!, a leitura de Whitman, de Pound e de Eliot, a leitura de Neruda, Borges e Vallejo, a leitura de Victor Hugo, por Deus, e de Tolstoy, e me esgoelava satisfeito no deserto, e minha grita e por vezes meus ganidos só eram audíveis para quem com a unha do indicador fosse capaz de raspar a superfície dos meus escritos, só para estes, que não eram muitos mas para mim eram suficientes, e a vida continuava, continuava, continuava, como um colar de arroz em que cada grão levasse uma paisagem pintada, grãos diminutos e paisagens microscópicas, e eu sabia que todos punham o colar no pescoço mas ninguém tinha suficiente paciência ou força de ânimo para tirar o colar, aproximá-lo dos olhos e decifrar grão a grão cada paisagem, em parte porque as miniaturas exigiam olhos de lince, olhos de águia, em parte porque as paisagens costumavam proporcionar surpresas desagradáveis, como ataúdes, cemitérios vistos a voo de pássaro, cidades desabitadas, o abismo e a vertigem, a pequenez do ser e sua ridícula vontade, gente que vê televisão, gente que assiste aos jogos de futebol, o tédio como um porta-aviões gigantesco circunavegando o imaginário chileno. E era essa a verdade. Nós nos entediávamos. Líamos e nos entediávamos. Nós, intelectuais. Porque não se pode ler o dia inteiro e a noite inteira. Não se pode escrever o dia inteiro e a noite inteira. Não éramos, não somos titãs cegos, e naqueles anos, como agora, os escritores e artistas chilenos precisavam se unir e conversar, se possível num lugar simpático e com pessoas inteligentes. O problema, à parte o fato incontornável de que muitos amigos tinham ido embora do país por problemas muitas vezes muito mais de índole pessoal que política, estava no toque de recolher. Onde os intelectuais, os artistas, podiam se reunir, se às dez da noite tudo fechava e a noite, como todo mundo sabe, é o momento propício para a reunião, para as confidências e para o diálogo entre iguais? Os artistas, os escritores. Que época. Parece que vejo o rosto do jovem envelhecido. Não o vejo, mas parece que o vejo. Franze o nariz, escruta o horizonte, estremece da cabeça aos pés. Não o vejo, mas parece que o vejo acocorado ou de quatro numa elevação, enquanto as nuvens negras passam velocíssimas por cima da sua cabeça, a elevação então é uma pequena colina e no minuto seguinte é o átrio de uma igreja, um átrio negro como as nuvens, carregado de eletricidade como as nuvens e brilhante de umidade, e o jovem envelhecido estremece, torna a estremecer, franze o nariz, depois salta

97

sobre a história. Mas a história, a verdadeira história, só eu conheço. Ela é simples, cruel e verdadeira, e deveria nos fazer rir, deveria nos matar de rir. Mas nós só sabemos chorar, a única coisa que fazemos com convicção é chorar. Havia o toque de recolher. Os restaurantes, os bares, fechavam cedo. As pessoas se recolhiam em horas prudentes. Não havia muitos lugares onde os escritores e os artistas pudessem se reunir para beber e conversar o quanto quisessem. Essa é a verdade. Assim foi, havia uma mulher. Chamava-se María Canales. Era escritora, era boa moça, era jovem. Creio que tinha algum talento. Ainda afirmo que tinha. Um talento, como dizer?, recolhido em si mesmo, guardado em sua bainha, ensimesmado. Outros se retrataram, correram o véu espesso e esqueceram. O jovem envelhecido, nu, salta sobre a presa. Mas eu conheço a história de María Canales e sei tudo o que aconteceu. Era escritora. Pode ser que ainda seja. Os escritores (e os críticos) não tinham muitos lugares aonde ir. María Canales tinha uma casa fora da cidade. Uma casa grande, rodeada por um jardim repleto de árvores, uma casa com uma sala confortável, com lareira e bom uísque, bom conhaque, uma casa aberta para os amigos uma vez por semana, duas vezes por semana, em raras ocasiões três vezes por semana. Não sei como a conhecemos. Suponho que tenha aparecido um dia na redação de um jornal, na redação de uma revista, na sede da Sociedade de Escritores do Chile. É provável que tenha participado de alguma oficina literária. O fato é que em pouco tempo todos nós a conhecíamos e ela conhecia todos nós. Era pessoa de trato amável. Já disse que era boa moça. Tinha cabelos castanhos, olhos grandes, e lia tudo o que lhe dissessem para ler ou era o que nos fazia crer. Ia a exposições. Talvez a tenhamos conhecido numa exposição. Talvez na saída de uma exposição tenha convidado um grupo a continuar a festa em sua casa. Era boa moça, já disse. Gostava da arte, gostava de conversar com pintores, com gente que fazia performances e vídeos artísticos, talvez porque sua cultura geral fosse manifestamente menor que a dos escritores. Ou assim ela julgava. Depois começou a se relacionar com os escritores e percebeu que eles também não possuíam uma cultura muito ampla. Que alívio deve ter sentido. Que alívio mais chileno. Neste país esquecido por Deus só uns poucos somos realmente cultos. O resto não sabe nada. Mas as pessoas são simpáticas e conquistam a simpatia das outras. María Canales era simpática e conquistava a simpatia das pessoas: isto é, era generosa, não parecia se preocupar com nada além do bem-estar dos seus convidados e punha todo o seu empenho em proporcioná-lo. A verdade é que as pessoas se sentiam bem nos serões, ou saraus, ou soirées, ou festas ilustradas da nova escritora. Tinha dois filhos. Isso eu ainda não disse. Se bem me lembro, tinha dois filhos pequenos, o mais velho de dois ou três anos, o menor de uns oito meses, e era casada com um americano chamado James Thompson, o qual María Canales chamava de Jimmy e era representante ou executivo de uma empresa do seu país que pouco tempo antes havia instalado uma filial no Chile e outra na Argentina. Claro, nós todos conhecíamos Jimmy. Eu também. Era um americano típico, alto, cabelos castanhos, um pouco mais claros que os da mulher, não muito falante mas educado. Às vezes participava dos saraus artísticos de María Canales, e então geralmente se limitava a ouvir com paciência infinita os convidados menos brilhantes da noite. As crianças, quando os convidados chegavam à casa numa alegre caravana de carros de marcas variadas, costumavam já estar em seu quarto, no segundo andar, a casa tinha três, e às vezes a empregada ou a babá os descia no colo, vestidos de pijama, para que cumprimentassem e suportassem as graças dos recém-chegados, que elogiavam sua beleza infantil ou sua boa educação, ou como eram parecidos com a mãe ou com o pai, embora a verdade fosse que o mais velho, que tinha o mesmo nome que eu, Sebastián, não se parecia com nenhum dos seus progenitores, o que não era o caso do menor, chamado Jimmy, que era a imagem viva de Jimmy pai, com alguns traços nativos herdados de María Canales. Depois os meninos desapareciam, e desaparecia a empregada, que se fechava no quarto contíguo ao dos meninos, e embaixo, na ampla sala de María Canales, começava a festa, a anfitriã servia uísque para todo mundo, alguém punha um disco de Debussy, um disco de Webern gravado pela Berliner Philharmoniker, não demorava para que alguém resolvesse recitar um poema e para que outro resolvesse comentar em voz alta as virtudes deste ou daquele romance, discutia-se pintura e dança contemporânea, formavam-se rodas, criticava-se a última obra de fulano, diziam-se maravilhas da mais recente performance de beltrano, bocejava-se, às vezes se aproximava de mim algum poeta jovem, contrário ao regime, punha-se a falar de Pound e terminava falando do seu próprio trabalho (eu sempre estava interessado no trabalho dos jovens, não importava a orientação política que tivessem), a anfitriã aparecia de repente com uma bandeja cheia de empanadas, alguém se punha a chorar, outros cantavam, às seis da manhã, ou às sete, quando já havia terminado o toque de recolher, todos voltávamos numa fila indiana cambaleante para nossos carros, alguns abraçados, outros meio adormecidos, a maioria feliz, então os motores de seis ou sete carros aturdiam a manhã e emudeciam por uns segundos o canto dos passarinhos no jardim, e a anfitriã nos dava adeus do alpendre, acenando a mão, os carros começavam a sair do jardim, um de nós havia previamente se encarregado de abrir o portão de ferro, e María Canales continuava em pé na entrada até o último carro transpor os limites da sua casa, os limites do seu castelo hospitaleiro, e os carros enfiavam por aquelas avenidas desertas dos arredores de Santiago, aquelas avenidas intermináveis de cujos lados se erguiam casas solitárias, vilas abandonadas ou malcuidadas por seus proprietários, e terrenos baldios que se duplicavam naquele horizonte interminável, enquanto o sol aparecia na cordilheira e do núcleo urbano da cidade nos chegava o eco dissonante de um novo dia. Passada uma semana lá estávamos de novo. É maneira de dizer. Eu não ia toda semana. Eu aparecia na casa de María Canales uma vez por mês. Talvez menos. Mas havia escritores que iam toda semana. Ou mais! Agora todos negam. Agora é capaz que digam que eu é que ia toda semana. Que eu é que ia mais de uma vez por semana! Mas até o jovem envelhecido sabe que isso é uma falácia. De modo que isso está descartado. Eu ia pouco. No pior dos casos eu não ia muito. Mas, quando ia, mantinha os olhos abertos e o uísque não turvava meu entendimento. Prestava atenção nas coisas. Prestava atenção, por exemplo, no menino Sebastián, meu pequeno xará, e em sua carinha magra. Uma vez a empregada desceu com ele, eu o tirei dos seus braços e perguntei ao menino o que estava acontecendo. A empregada, uma mapuche de pura cepa, encarou-me fixamente e fez menção de tomá-lo de mim. Não deixei. Que foi, Sebastián?, perguntei, com uma ternura que eu desconhecia até então. O menino me contemplou com seus grandes olhos azuis. Pus a mão no rosto dele. Que carinha fria. Logo senti meus olhos se encherem de lágrimas. Então a empregada o arrancou de mim com um gesto carregado de rispidez. Quis lhe dizer que era sacerdote. Alguma coisa, talvez o senso do ridículo, impediu-me. Quando voltou a subir a escada, o menino olhou para mim por cima do ombro da empregada que o carregava nos braços e tive a impressão de que aqueles olhos grandes viam o que não queriam ver. María Canales se sentia muito orgulhosa dele: elogiava sua inteligência. Do menor, elogiava a intrepidez e a ousadia. Eu mal a ouvia: todas as mães dizem as mesmas bobagens. Na realidade, falava com os artistas promissores, com os que estavam dispostos a criar do nada (ou de umas leituras secretas) a nova cena chilena, um anglicismo um tanto descabido para designar o vazio deixado pelos emigrantes, o qual eles pensavam ocupar e povoar de suas obras então engatinhando. Conversava com eles e com os velhos amigos de sempre, que de forma irregular (como eu) apareciam na casa dos arredores de Santiago para falar da poesia metafísica inglesa ou para comentar os últimos filmes vistos em Nova York. Com María Canales, mal tive duas conversas, sempre informais, e certa vez li um conto dela, um conto que depois ganharia o primeiro prêmio num concurso organizado por uma revista literária de matiz esquerdista. Lembro-me desse concurso. Não fui jurado. Nem me pediram que fosse. Se houvessem me pedido, teria sido. Literatura é literatura. Mas o fato é que não fui jurado. Se tivesse sido, talvez não houvesse dado o primeiro prêmio a María Canales. O conto não era ruim, mas estava longe de ser bom. Era de uma mediania voluntariosa, como sua autora. Quando o mostrei a Farewell, que naquela época ainda vivia mas nunca fora a um sarau literário na casa de María Canales, mesmo porque Farewell quase já não saía de casa e mal conversava, ou só conversava com suas amigas velhotas, ele me disse, depois de ler umas poucas linhas, que se tratava de um texto horroroso, indigno até de ganhar um prêmio na Bolívia, depois se lamentou amargamente do estado da literatura chilena, em que já não havia figuras da estatura de Rafael Maluenda, Juan de Armaza ou Guillermo Labarca Hubertson. Farewell estava sentado em sua poltrona, e eu estava sentado diante dele, na poltrona dos amigos íntimos. Lembro que fechei os olhos e baixei a cabeça. Quem se lembra hoje em dia de Juan de Armaza?, pensei, enquanto entardecia com um ruído de serpentes. Só Farewell e alguma velhota de boa memória. Algum professor de literatura perdido no Sul. Algum neto aloprado, desequilibrado, num passado perfeito e inexistente. Não temos nada, murmurei. Que disse?, indagou Farewell. Nada, disse eu. Sente-se bem?, perguntou Farewell. Muito bem, disse eu. Depois disse ou pensei: duas conversas. E isso eu disse ou pensei na casa de Farewell, que ruía com ele, ou na minha cela monacal. Porque só tinha tido duas conversas com María Canales. Em seus saraus eu costumava sentar num canto, junto de uma grande janela e de uma mesa em que sempre havia um vaso de cerâmica com flores frescas, perto da escada, e desse canto não me mexia, nesse canto conversava com o poeta desesperado, com a romancista feminista, com o pintor de vanguarda, um olho fixo na escada, atento à descida ritual da mapuche e do menino Sebastián. Às vezes María Canales entrava na minha roda. Sempre simpática! Sempre disposta a satisfazer meus mais ínfimos desejos! Mas creio que ela mal compreendia minhas palavras, meu discurso. Fingia que compreendia, mas como ia compreender. Tampouco entendia as palavras do poeta desesperado, mas entendia, um pouco mais, as inquietudes da romancista feminista e se entusiasmava com os projetos do pintor de vanguarda. Mas em linhas gerais só ouvia. Digo: quando entrava em meu canto, em minha panelinha blindada. Nos outros ambientes daquela sala enorme era ela que costumava se fazer ouvir. E, quando se falava de política, sua segurança era inflexível, sua voz, bem timbrada, não vacilava na hora de adjetivar. Nem por isso, porém, deixava de ser uma anfitriã perfeita: sabia diluir com uma boa *talla*, esse gracejo tão chileno, as convicções encontradas. Uma vez se aproximou de mim (eu estava sozinho, com um copo de uísque na mão, pensando no pequeno Sebastián e em sua carinha perplexa) e sem maiores preâmbulos exprimiu sua admiração pela romancista feminista. Quem me dera escrever como ela, disse. Respondi-lhe com franqueza:

muitas das páginas da romancista eram traduções ruins (para não chamá-las de plágio, que sempre foi uma palavra dura, quando não injusta) de algumas romancistas francesas da década de 50. Observei seu rosto. Era, sem sombra de dúvida, uma cara esperta. Fitou-me sem nenhuma expressão e depois, pouco a pouco, de forma quase imperceptível, formou um sorriso ou o âmago incontível de um sorriso no rosto. Ninguém teria dito que ela sorria, mas sou sacerdote católico e percebi na hora. A natureza do sorriso já era mais difícil de discernir. Talvez fosse um sorriso de satisfação, mas satisfação com quê?, talvez fosse um sorriso de reconhecimento, quer dizer, em minha resposta tinha *visto* meu rosto e agora *sabia* (ou julgava saber, a espertinha) quem eu era, talvez fosse tão-só o sorriso do vazio, o sorriso que se cria misteriosamente no vazio e se dissolve no vazio. Ou seja, o senhor não gosta do que ela escreve, disse-me. O sorriso desapareceu, e seu rosto recobrou uma expressão neutra. Claro que gosto, respondi, só que constato criticamente seus defeitos. Que frase mais absurda. Isso é o que penso agora, enquanto jazo prostrado na cama e meu pobre esqueleto se apoia integralmente no cotovelo. Que frase mais circunstancial, que frase mal construída, que frase mais idiota. Todos temos defeitos, disse eu. Que horror. Só os gênios podem apresentar obras impolutas. Que aberração. Meu cotovelo treme. Minha cama treme. Tremem os lençóis e o cobertor. Onde está o jovem envelhecido? Não lhe faz rir ouvir a história das minhas gafes? Não se ri às bandeiras despregadas dos meus disparates, dos meus erros veniais ou mortais? Ou ter-se-á entediado e já não está junto da minha cama de bronze, que gira num simulacro de Sordel, Sordello, que Sordello? Faça o que quiser. Eu disse: todos nós temos defeitos, mas é preciso enxergar as virtudes. Eu disse: todos nós somos, afinal de contas, escritores, e nosso caminho é longo e pedregoso. E María Canales, do fundo da sua cara de boba sofredora, fitou-me como se me julgasse severamente, depois disse: que coisa bonita o senhor disse, padre. E eu olhei surpreso para ela, em parte porque até aquele momento ela sempre tinha me chamado de Sebastián, como todos os meus amigos escritores, em parte porque naquele mesmo instante a mapuche começou a descer a escada com os dois meninos nos braços. E essa aparição dupla, a da mapuche e do pequeno Sebastián, de um lado, e a do rosto de María Canales, da atitude de María Canales me chamando de padre, como se de repente abandonasse um papel agradável mas banal e assumisse outro, muito mais arriscado, o papel do penitente ou, nesse caso, da penitente, conseguiu por uns segundos que eu baixasse a guarda, como se diz nos ambientes pugilísticos (suponho), conseguiu que eu penetrasse por alguns segundos em algo que se assemelhava ao mistério gozoso, esse mistério de que todos participamos e todos bebemos, o qual, no entanto, é indefinível, incomunicável, imperceptível e me provocou uma sensação de enjoo, uma náusea que se acumulava no peito e podia facilmente ser confundida com as lágrimas, transpiração, taquicardia, náusea que, depois de abandonar a hospitaleira casa da nossa anfitriã, atribuí à visão daquele menino, meu pequeno homônimo, que olhava sem ver enquanto era transportado nos braços da sua horrível babá, os lábios selados, os olhos selados, todo o seu corpinho inocente selado, como se não quisesse ver, nem ouvir, nem falar no meio da festa semanal da sua mãe, diante da alegre e despreocupada turminha de literatos que sua mãe reunia toda semana. Depois não sei o que aconteceu. Não desmaiei. Disso tenho certeza. Tomei, quem sabe, a firme decisão de nunca mais participar dos saraus de María Canales. Falei com Farewell. Como Farewell estava longe de tudo. Às vezes falava de Pablo, e você tinha a impressão de que Neruda estava vivo. Às vezes falava de Augusto, Augusto pra cá, Augusto pra lá, e você levava horas, se não dias, para compreender que se referia a Augusto d'Halmar. A verdade é que já não se podia conversar com Farewell. Às vezes eu ficava olhando para ele e pensava: velho futriqueiro, alcaguete, velho bêbado, assim passa a glória do mundo. Mas depois levantava e ia pegar as coisas que me pedia, bibelôs, estatuetas de prata ou de ferro, velhos livros de Blest-Gana ou de Luis Orrego Luco, que ele se limitava a acariciar. Onde está a literatura?, eu perguntava a mim mesmo. Terá razão o jovem envelhecido? Afinal terá razão? Escrevi ou tentei escrever um poema. Num dos versos aparecia um menino de olhos azuis olhando através dos vidros de uma janela. Que horror, que ridículo. Depois voltei à casa de María Canales. Tudo continuava igual. Os artistas riam, bebiam, dançavam, enquanto lá fora, naquela zona de grandes avenidas despovoadas de Santiago, transcorria o toque de recolher. Eu não bebia, não dançava, apenas sorria beatificamente. E pensava. Pensava que era curioso que nunca aparecesse uma patrulha dos carabineiros ou da polícia militar, apesar do burburinho e das luzes da casa. Pensava em María Canales, que então já tinha ganho um prêmio com um conto um tanto medíocre. Pensava em Jimmy Thompson, o marido, que às vezes se ausentava por várias semanas, meses até. E pensava nos meninos, sobretudo no meu pequeno xará, que crescia quase sem querer. Uma noite sonhei com padre Antonio, o pároco daquela igreja de Burgos que tinha morrido amaldiçoando a arte da falcoaria. Eu estava na minha casa de Santiago, e padre Antonio aparecia vivinho, vestindo uma batina sebenta, cheia de cerzidos e remendos, e, sem pronunciar uma palavra, com a mão me indicava que o seguisse. Eu assim fazia. Saíamos a um pátio calçado de pedras, iluminado pela lua. No centro do pátio havia uma árvore, de espécie indiscernível, sem folhas. Padre Antonio, dos pórticos que rodeavam o pátio, apontava para ela peremptoriamente. Pobre padrezinho, como está velho, pensava eu, no entanto olhava com atenção para aquela árvore, como ele queria, e via um falcão pousado num dos seus galhos. Mas é o Rodrigo!, exclamava eu. O velho Rodrigo, que bom vê-lo, galhardo e orgulhoso, elegantemente agarrado num galho, iluminado pelos raios de Selene, majestoso e solitário. E então, enquanto eu admirava o falcão, padre Antonio me puxava pela manga e, ao me virar para ele, eu notava que estava com os olhos arregalados, suava em bicas, suas bochechas e seu queixo tremiam. E, quando ele olhava para mim, eu percebia que grossas lágrimas escorriam dos seus olhos, grossas como pérolas turvas em que se refletiam os raios de Selene, depois o dedo descarnado de padre Antonio apontava para os pórticos e arcos da outra extremidade, depois apontava para a lua ou para o luar, depois apontava para a noite sem estrelas, depois apontava para a árvore que se erguia no meio daquele pátio descomunal, depois apontava para seu falcão, Rodrigo, e fazia tudo isso com certo método mas sem deixar de tremer. E eu afagava suas costas, costas em que havia surgido uma pequena corcunda, as quais, porém, mesmo assim continuavam sendo belas costas, como as de um campônio adolescente ou como as de um atleta principiante, e tentava acalmá-lo, mas dos meus lábios não saía nenhum som, então padre Antonio se punha a chorar desconsoladamente, tão desconsoladamente que entrava um sopro de ar frio no meu corpo e um medo inexplicável na minha alma, o pedacinho de homem que era padre Antonio chorava não só com os olhos mas também com a fronte, com as mãos e com os pés, a cabeça dobrada, um trapo líquido atrás do qual se adivinhava a pele extremamente lisa, e então, virando o rosto para cima, para meus olhos, perguntava com grande esforço se eu não notava. Notava o quê?, pensava eu, enquanto padre Antonio se derretia. É a árvore de Judas, soluçava o padre burgalês. Sua afirmação não admitia dúvidas nem equívocos. A árvore de Judas! Nesse momento achei que eu ia morrer. Tudo parou. Rodrigo continuava pousado no galho. O pátio, ou a praça, calçado de pedras continuava iluminado pelos raios de Selene. Tudo parou. Então comecei a caminhar para a árvore de Judas. No início tentei rezar, mas tinha esquecido todas as orações. Caminhei. Meus passos mal ecoaram sob a noite imensa. Quando cheguei suficientemente perto, virei-me e quis dizer alguma coisa a padre Antonio, mas este já não estava em lugar nenhum. Padre Antonio morreu, disse comigo mesmo, agora está no céu ou no inferno. Mais provavelmente: no cemitério de Burgos. Caminhei. O falcão mexeu a cabeça. Um dos seus olhos me observou. Caminhei. Estou sonhando, pensei. Estou dormindo na minha cama, na minha casa, em Santiago. Esse pátio, ou essa praça, parece italiano, e não estou na Itália mas no Chile, pensei. O falcão mexeu a cabeça. Seu outro olho me observou. Caminhei. Já estava ao lado da árvore. Rodrigo pareceu me reconhecer. Levantei uma das mãos. Os galhos desfolhados da árvore pareciam de pedra ou de cartão-pedra. Levantei uma das mãos e toquei num galho. Nesse momento o falcão levantou voo, e eu fiquei sozinho. Estou perdido, gritei. Estou morto. Naquela manhã, depois de acordar, de vez em quando me pegava cantarolando: a árvore de Judas, a árvore de Judas, durante as aulas, enquanto passeava pelo jardim, ao fazer uma pausa na leitura diária para preparar uma xícara de chá. A árvore de Judas, a árvore de Judas. Uma tarde, enquanto ia cantarolando, tive um lampejo: o Chile inteiro tinha se transformado na árvore de Judas, uma árvore sem folhas, aparentemente morta mas ainda bem enraizada na terra negra, nossa fértil terra negra, onde as minhocas medem quarenta centímetros. Depois voltei a visitar a casa de María Canales, que estava escrevendo um romance, situação portentosa, e creio que houve um mal-entendido entre eles, não sei, perguntei-lhe de supetão por seu filho, por seu marido, disse--lhe que o importante era a vida, não a literatura, e ela me olhou nos olhos com sua cara bovina e respondeu que já sabia, que sempre soubera. Minha autoridade se desfez como uma bolha de sabão, e a autoridade dela (sua soberania) cresceu até uma altura inimaginável. Enjoado, recolhi-me em minha poltrona costumeira e driblei o temporal o melhor que pude. Não voltei mais a participar de nenhum dos seus saraus. Meses depois, um amigo me contou que durante uma festa na casa de María Canales um dos convidados tinha se perdido. Estava muito bêbado, ou estava muito bêbada, pois não ficou claro seu sexo, e saiu à procura do banheiro ou do *water*, como também dizem alguns dos meus desditosos compatriotas. Talvez quisesse vomitar, talvez só quisesse fazer suas necessidades ou molhar um pouco o rosto, mas o álcool contribuiu para que se perdesse. Em vez de pegar o corredor da direita, pegou o da esquerda, depois se meteu por outro corredor, desceu uma escada, estava no porão e não percebeu, a casa, é verdade, era muito grande: um jogo de palavras cruzadas. O fato é que andou por diversos corredores, abriu portas, encontrou muitos quartos vazios ou ocupados por caixas de embalagem ou por grandes teias de aranha, que a mapuche não se dava nunca o trabalho de limpar. Finalmente chegou a um corredor mais estreito que todos os outros e abriu uma última porta. Viu uma espécie de cama metálica. Acendeu a luz. Sobre a cama havia um homem nu, amarrado pelos pulsos e tornozelos. Parecia dormir, mas essa observação é difícil de verificar, pois uma venda lhe cobria os olhos. O extraviado ou a extraviada, sumida instantaneamente a bebedeira, fechou a porta e tornou em silêncio sobre seus passos. Quando chegou à sala, pediu um uísque, depois outro, e não disse nada. Mais tarde, quanto mais tarde?, não sei, contou a um amigo, e este contou ao meu amigo, que muito mais tarde me contou. Sua consciência o mortificava. Tranquilize-se, disse--lhe. Depois soube, por outro amigo, que quem tinha se perdido era um autor de teatro ou talvez um ator e que percorrera os infinitos corredores da casa de María Canales e Jimmy Thompson até a saciedade, até chegar àquela porta no fim do corredor fracamente iluminado, abrira a porta e dera de cara com aquele corpo amarrado numa cama metálica, abandonado naquele porão, mas vivo, e o dramaturgo ou ator havia fechado a porta silenciosamente, procurando não acordar o pobre homem, que reparava no sono sua dor, havia tornado sobre seus passos, voltado para a festa ou tertúlia literária, para a soirée de María Canales, e não tinha dito nada. Também soube, anos depois, enquanto observava as nuvens se esfarelando e se fragmentando e explodindo nos céus do Chile como jamais fariam as nuvens de Baudelaire, que o sujeito que se perdeu pelos corredores traiçoeiros da casa nos confins de Santiago foi um teórico da cena de vanguarda, um teórico com grande senso de humor, que, ao se perder, não se intimidou, pois ao seu senso de humor acrescentava uma curiosidade natural, e, quando se viu perdido no porão de María Canales e se conscientizou disso, não teve medo, ao contrário, viu despertar seu espírito trocista, abriu portas, pôs-se até a assobiar, e finalmente chegou ao último quarto no corredor mais estreito do porão, o único que estava iluminado por uma lâmpada fraca, abriu a porta e viu o homem amarrado numa cama metálica, de olhos vendados, e soube que o homem estava vivo porque o ouviu respirar, embora seu estado físico não fosse bom, pois, apesar da luz deficiente, viu suas feridas, suas supurações, como eczemas, mas não eram eczemas, as partes maltratadas da sua anatomia, as partes inchadas, como se tivesse mais de um osso quebrado, mas respirava, de maneira nenhuma parecia alguém a ponto de morrer, e depois o teórico da cena de vanguarda fechou delicadamente a porta, sem fazer barulho, e começou a procurar o caminho de volta à sala, apagando às suas costas as luzes que tinha acendido. Meses depois, talvez anos depois, outro habitué dos saraus me contou a mesma história. Depois outro, depois outro, e mais outro. Depois chegou a democracia, o momento em que todos os chilenos deviam se reconciliar entre si, e então se ficou sabendo que Jimmy Thompson havia sido um dos principais agentes da Dirección de Inteligencia Nacional e que usava sua casa como centro de interrogatórios. Os subversivos passavam pelos porões de Jimmy, onde este os interrogava, extraía deles toda a informação possível, depois os mandava para outros centros de detenção. Na sua casa, em regra, não se matava ninguém. Só se interrogava, se bem que alguns tenham morrido. Ficou-se sabendo também que Jimmy tinha viajado para Washington e matado um ex-ministro de Allende, e de passagem uma americana. E que havia preparado atentados na Argentina contra exilados chilenos e até um ou outro atentado na Europa, terra civilizada que Jimmy tinha sobrevoado com a timidez própria dos nascidos na América. Isso foi o que se ficou sabendo. María Canales, claro, sabia desde muito antes. Mas ela queria ser escritora, e os escritores necessitam da proximidade física de outros escritores. Jimmy amava sua mulher. María Canales amava seu gringo. Tinham filhos lindos. O pequeno Sebastián não amava seus pais. Mas eram seus pais! A mapuche, da sua maneira obscura, gostava de María Canales e, provavelmente, também do patrão. Os empregados de Jimmy não gostavam de Jimmy, mas provavelmente também tinham família, que amavam da sua maneira obscura. Eu me fiz a seguinte pergunta: por que María Canales, sabendo o que o marido fazia no porão, levava convidados para casa? A resposta era simples: porque durante as soirées, em regra, não havia hóspedes no porão. Eu me fiz a seguinte pergunta: por que naquela noite um dos convidados, ao se perder, encontrou aquele pobre homem? A resposta era simples: porque o costume leva a relaxar toda precaução, porque a rotina matiza todo horror. Eu me fiz a seguinte pergunta: por que, na hora, ninguém disse nada? A resposta era simples: porque ficou com medo, porque ficaram com medo. Eu não fiquei com medo. Eu poderia ter dito algo, mas não vi nada, não soube de nada antes que fosse tarde demais. Para que revirar o que o tempo piedosamente oculta? Mais tarde prenderam Jimmy nos Estados Unidos. Ele falou. Sua declaração incriminou vários generais do Chile. Tiraram-no da prisão e o puseram num programa de proteção especial a testemunhas. Como se os generais do Chile fossem chefões da Máfia! Como se os generais do Chile pudessem estender seus tentáculos até os pequenos povoados do Meio-Oeste americano para calar as testemunhas incômodas! María Canales ficou sozinha. Todos os seus amigos, todos os que tinham frequentado com prazer seus saraus literários, deram-lhe as costas. Uma tarde fui visitá-la. Já não havia toque de recolher, e era estranho dirigir um carro por aquelas avenidas dos arredores que pouco a pouco estavam se modificando. A casa já não parecia a mesma: todo o seu esplendor, um esplendor noturno e impune, desaparecera. Agora era só uma casa grande demais, com um jardim malcuidado em que as ervas daninhas cresciam sem controle, vertiginosamente, trepando pelas grades como se quisessem ocultar ao passeador ocasional a visão do interior daquela casa marcada. Estacionei junto do portão e fiquei um instante espiando da rua. Os vidros estavam sujos, as cortinas, cerradas. Uma bicicleta de criança, de cor vermelha, estava jogada perto da escada de acesso ao alpendre. Toquei a campainha. Instantes depois a porta se abriu. María Canales mostrou metade do corpo e perguntou o que eu desejava. Não tinha me reconhecido. O senhor é jornalista?, perguntou. Sou o padre Ibacache, disse. Sebastián Urrutia Lacroix. Por uns segundos pareceu retroceder no tempo, depois sorriu, saiu da casa, percorreu o trecho de jardim que a separava de mim e abriu o portão. O senhor é a última pessoa que eu esperava, disse. Seu sorriso não era muito diferente daquele que eu recordava. Passaram-se muitos anos, disse ela, como se lesse meu pensamento, mas é como se fosse ontem. Entramos na casa. Já não havia tantos móveis como antes, e a decrepitude do jardim tinha seu correlato nos cômodos, que eu lembrava luminosos e agora pareciam banhados de uma poeira avermelhada, suspensos num tempo diacrônico em que se sucediam cenas incompreensíveis, tristes, distantes. Minha poltrona, a poltrona onde eu costumava sentar, ainda estava lá. María Canales seguiu a direção dos meus olhos e entendeu. Sente-se, padre, disse, sinta-se em casa. Sem dizer nada, tomei assento. Perguntei-lhe pelos filhos. Disse-me que estavam passando uns dias com uns parentes. De saúde estão bem?, perguntei. Muito bem. Sebastián tinha crescido muito, se eu o visse, não reconheceria. Perguntei-lhe pelo marido. Nos Estados Unidos, disse. Agora vive nos Estados Unidos, disse. E como vai?, perguntei. Suponho que bem. Com um gesto que denotava em iguais proporções cansaço e fastio, aproximou uma cadeira da minha poltrona e sentou, contemplando o jardim através dos vidros sujos. Estava mais gorda que antes. E se vestia pior que antes. Perguntei-lhe pela sua vida. Respondeu que todo mundo conhecia sua vida, depois riu com uma vulgaridade em que julguei perceber também umas gotas de desafio que me fizeram estremecer. Já não tinha amigos, nem dinheiro, o marido tinha se esquecido dela e dos filhos, todo mundo havia lhe dado as costas, mas ela continuava ali e se dava ao luxo de rir em voz alta. Perguntei pela empregada mapuche. Voltou para o Sul, disse com voz ausente. E seu romance, María, terminou-o?, sussurrei. Ainda não, padre, disse, baixando a voz como eu. Apoiei a mandíbula numa das mãos e refleti por um instante. Procurei pensar com clareza, mas não consegui. Enquanto estive assim, ouvi-a falar de jornalistas, a maioria estrangeiros, que às vezes iam visitá-la. Quero falar de literatura, disse, mas eles sempre puxam o assunto da política, do trabalho de Jimmy, do que eu sentia, do porão. Fechei os olhos. Perdoe-a, implorei mentalmente, perdoe-a. Às vezes, poucas, vêm alguns chilenos, alguns argentinos. Agora cobro pelas entrevistas. Ou pagam, ou não falo. E não digo a ninguém, nem por todo o ouro do mundo, quem vinha aos meus saraus artísticos. Juro. A senhora sabia tudo o que Jimmy fazia? Sim, padre. E se arrepende? Como todos, padre. Senti falta de ar. Levantei e abri uma janela. Os punhos do meu casaco ficaram manchados de poeira. Depois ela me contou uma história sobre a casa. O terreno, ao que parece, não era seu, e os proprietários legítimos, uns judeus que estiveram exilados por mais de vinte anos, moviam uma ação contra ela. Como não tinha dinheiro para contratar bons advogados, estava certa da derrota. O projeto dos judeus era derrubar tudo e construir algo novo. Da minha casa, disse María Canales, não restará nenhuma lembrança. Fitei-a com tristeza e disse que talvez fosse melhor assim, que ela ainda era moça, que não estava envolvida judicialmente em nenhum processo, que começasse de novo, com os filhos, em algum outro lugar. E minha carreira literária?, perguntou, com uma expressão desafiadora. Use um *nom de plume*, um pseudônimo, um apelido, pelo amor de Cristo. Olhou para mim como se eu a houvesse insultado, depois sorriu: quer ver o porão?, perguntou. Eu a teria esbofeteado ali mesmo, em vez disso, sentei-me e neguei várias vezes com a cabeça. Fechei os olhos. Dentro de alguns meses já não será possível, disse-me. Pelo tom da sua voz, por sua respiração quente, soube que tinha aproximado excessivamente seu rosto do meu. Tornei a negar com a cabeça. Vão pôr a casa abaixo. Vão demolir o porão. Aqui um empregado de Jimmy matou o funcionário espanhol da Unesco. Aqui Jimmy matou Cecilia Sánchez Poblete. Às vezes eu estava vendo televisão com os meninos, e faltava luz um instante. Não ouvíamos nenhum grito, só faltava eletricidade de repente e depois voltava. Quer ir ver o porão? Levantei, dei uns passos pela sala onde antes se reuniam os escritores da minha pátria, os artistas, os trabalhadores da cultura, e fiz que não com a cabeça. Vou embora, María, tenho de ir, disse. Ela riu com uma força incontida. Mas talvez tenha sido apenas imaginação minha. Quando estávamos no alpendre (começava lentamente a anoitecer), pegou minha mão, como se de repente sentisse medo de ficar sozinha naquela casa condenada. Apertei sua mão e sugeri que rezasse. Sentia-me muito cansado, e minhas palavras foram ditas sem convicção. Não posso rezar mais do que já rezo, respondeu. Tente, María, tente, faça isso por seus filhos. Ela respirou o ar dos arredores de Santiago, aquele ar que era a quintessência do crepúsculo. Depois olhou em torno, tranquila, serena, corajosa a seu modo, e viu sua casa, seu alpendre, o lugar onde antes os carros estacionavam, a bicicleta vermelha, as árvores, o caminho de terra, as grades, as janelas fechadas, menos a que eu havia aberto, as estrelas cintilando lá longe, e disse que era assim que se fazia literatura no Chile. Inclinei a cabeça e fui embora. Enquanto dirigia, de volta para Santiago, pensei nas palavras dela. É assim que se faz literatura no Chile, mas não só no Chile, também na Argentina e no México, na Guatemala e no Uruguai, e na Espanha, na França e na Alemanha, e na verde Inglaterra, e na alegre Itália. Assim se faz literatura. Ou o que nós, para não cair na sarjeta, chamamos literatura. Depois voltei a cantarolar: a árvore de Judas, a árvore de Judas, e meu carro entrou outra vez no túnel do tempo, na grande máquina de moer carne do tempo. E me lembrei do dia em que Farewell morreu. Teve um enterro limpo e discreto, como havia desejado. Quando fiquei sozinho na casa dele, sozinho diante da biblioteca de Farewell, que de alguma maneira misteriosa encarnava a ausência e a presença de Farewell, perguntei ao seu espírito (era uma pergunta retórica, claro) por que havia acontecido conosco o que afinal havia acontecido. Não tive resposta. Aproximei-me de uma das enormes estantes e toquei com a ponta dos dedos nas lombadas dos livros. Alguém se mexeu num canto. Dei um salto. Ao me aproximar, notei que era uma das velhotas amigas dele, que tinha ficado ali, adormecida. Saímos da casa de braços dados. Durante o enterro, enquanto percorríamos ruas que eram como geladeiras, perguntei onde estava Farewell. No caixão, responderam uns rapazes que iam à frente. Imbecis, disse, mas os rapazes não estavam mais lá, tinham desaparecido. Agora o doente sou eu. Minha cama gira num rio de águas rápidas. Se as águas fossem turbulentas, eu saberia que a morte está próxima. Mas as águas são apenas rápidas, de modo que ainda abrigo alguma esperança. Faz muito tempo que o jovem envelhecido guarda silêncio. Já não desanca nem a mim nem aos escritores. Será que isso tem solução? Assim se faz literatura no Chile, assim se faz a grande literatura do Ocidente. Meta isso na cabeça, digo-lhe. O jovem envelhecido, o que resta dele, mexe os lábios, formulando um *não* inaudível. Minha força mental o deteve. Ou talvez tenha sido a história. Pouco pode você sozinho contra a história. O jovem envelhecido sempre esteve sozinho, e eu sempre estive com a história. Apoio-me no cotovelo e o procuro. Só vejo meus livros, as paredes do meu quarto, uma janela em meio à penumbra e à claridade. Agora poderia levantar outra vez e reiniciar minha vida, minhas aulas, minhas resenhas críticas. Gostaria de comentar um livro da nova literatura francesa. Mas me falta força. Será que isso tem solução? Um dia, depois da morte de Farewell, fui à sua fazenda, a velha Là-Bas, em companhia de uns amigos, numa espécie de viagem sentimental da qual me apartei mal chegamos. Pus-me a caminhar pelos campos que havia percorrido na juventude. Procurei os camponeses, mas os galpões em que viviam estavam vazios. Uma velha atendia os amigos que iam comigo. Observei-a de longe e, quando se dirigiu à cozinha, fui atrás dela e a cumprimentei de fora, do outro lado da janela. Ela nem sequer olhou para mim. Depois soube que estava meio surda, mas o fato é que nem sequer olhou para mim. Será que isso tem solução? Um dia, mais para matar o tédio do que por qualquer outra razão, perguntei a um jovem romancista de esquerda se sabia de María Canales. O jovem disse que nunca a conhecera. Mas se você foi algumas vezes à casa dela, disse-lhe. Ele negou com a cabeça repetidas vezes e, ato contínuo, mudou de assunto. Será que isso tem solução? Às vezes cruzo com camponeses que falam em outra língua. Paro-os. Pergunto-lhes coisas do campo. Eles dizem que não trabalham no campo. Dizem que são operários, de Santiago ou dos arredores de Santiago, e que nunca trabalharam no campo. Será que isso tem solução? Às vezes a terra treme. O epicentro do terremoto está no Norte ou está no Sul, mas eu escuto como a terra treme. Às vezes fico enjoado. Às vezes o tremor dura mais que o normal, e as pessoas se metem debaixo das portas ou debaixo das escadas, ou saem correndo para a rua. Será que isso tem solução? Vejo as pessoas correndo pelas ruas. Vejo as pessoas entrando no metrô e nos cinemas. Vejo as pessoas comprando jornal. E às vezes treme, e tudo fica parado por um instante. Então me pergunto: onde está o jovem envelhecido?, por que foi embora?, e pouco a pouco a verdade começa a ascender como um cadáver. Um cadáver que sobe do fundo do mar ou do fundo de um barranco. Vejo sua sombra subindo. Sua sombra vacilante. Sua sombra subindo como se galgasse a colina de um planeta fossilizado. E então, na penumbra da minha enfermidade, vejo seu rosto feroz, seu doce rosto, e me pergunto: sou eu o jovem envelhecido? É esse o verdadeiro, o grande terror, ser eu o jovem envelhecido que grita sem que ninguém o ouça? E que o pobre jovem envelhecido seja eu? E então passam a uma velocidade de vertigem os rostos que admirei, os rostos que amei, odiei, invejei, desprezei. Os rostos que protegi, os que ataquei, os rostos de que me defendi, os que busquei em vão.

E depois se desencadeia a tormenta de merda.

1ª EDIÇÃO [2004] 5 reimpressões

ESTA OBRA FOI COMPOSTA PELO ACQUA ESTÚDIO EM ELECTRA E IMPRESSA
PELA GRÁFICA BARTIRA EM OFSETE SOBRE PAPEL PÓLEN BOLD DA SUZANO S.A.
PARA A EDITORA SCHWARCZ EM AGOSTO DE 2023

A marca FSC® é a garantia de que a madeira utilizada na fabricação do papel deste livro provém de florestas que foram gerenciadas de maneira ambientalmente correta, socialmente justa e economicamente viável, além de outras fontes de origem controlada.